Eduard Engelhardt

Leben des Paul Speratus

Eduard Engelhardt

Leben des Paul Speratus

ISBN/EAN: 9783743619784

Hergestellt in Europa, USA, Kanada, Australien, Japan

Cover: Foto ©Raphael Reischuk / pixelio.de

Manufactured and distributed by brebook publishing software (www.brebook.com)

Eduard Engelhardt

Leben des Paul Speratus

Sonntags-Bibliothek.

Lebensbeschreibungen
christlich-frommer Männer
zur

Erweckung und Erbauung der Gemeine.

Herausgegeben

von

A. Rische.

Eingeleitet

von

Dr. A. Tholuck,
Professor und Consistorial-Rath.

Achter Band. — Drittes Heft.
Leben Paul Speratus von Ed. Engelhardt.

Bielefeld, 1860.
Verlag von Velhagen & Klasing.

Leben

des

Paul Speratus.

Dargestellt

von

Eduard Engelhardt,
Subrektor zu Schwabach in Bayern.

Bielefeld.
Verlag von Velhagen und Klasing.
1860.

Erstes Kapitel.

Jugendzeit des Paul Speratus.

„So spricht der HErr, dein Erlöser, der dich von
Mutterleibe hat zubereitet: Ich bin der HErr, der Alles
thut, der den Himmel ausbreitet allein und die Erde
weit macht ohne Gehülfen. — Der ich spreche zu Kores:
Der ist mein Hirte und soll allen meinen Willen voll=
enden, daß man sage zu Jerusalem: Sei gebauet, und
zum Tempel: sei gegründet." Jes. 44, 24. 28.

Es pflegt auch den weltlichst Gesinnten nicht zu entgehen,
daß einzelne Zeiten der Geschichte besonders reich an großen
Männern sind, daß in diesen Perioden die reichen und tiefsin=
nigen, die gewaltigen und kühnen Geister gleichsam mit ver=
schwenderischer Fülle hingestreut sind, während dann wieder
Jahrzehnte, ja Jahrhunderte folgen, in denen eine auffallende
Armuth und Dürftigkeit an hervorragenden Männern eintritt.
Wie dort oben am schönen Himmelsgewölbe einzelne Regionen
sich bemerkbar machen, in denen die herrlichsten Gestirne in
wundersamem Glanze leuchten und gleichsam wetteifernd die
Lichtesherrlichkeit des großen Gottes verkünden, der in ewigem,
durch kein Dunkel unterbrochenem Lichte wohnet, während an=
dere Gefilde dieser majestätischen Himmelsauen den Wiesen
gleichen, in denen nur das gleichmäßige Grün sich dahinzieht,
von Blumen voll üppiger Schönheit nicht unterbrochen: so ist
es auch in der Geschichte der Zeiten, in dem Fortgange der
einzelnen Menschengeschlechter. Wer dort oben es also geord=
net hat, das läßt sich freilich nicht so scheinbar bestreiten, wie
die ordnende Kraft über das, was auf Erden verläuft, und
der HErr bezeugt es uns überdieß in seinem heiligen Worte.
Er spricht durch den Mund seines Propheten: Ich bin der
HErr, der Alles thut, der den Himmel ausbreitet allein. Dies
Werk kann ihm Niemand bestreiten. Menschenhand, Menschen=
kunst reicht nicht dorthin. Aber wenn wir nun in der Ge=

schichte der Menschheit in einzelnen Perioden der großen und mächtigen Geister eine so große Zahl auftreten sehen, und diese Erscheinung doch von jedem nachsinnenden Geiste eine Erklärung verlangt, so sucht weltliche Weisheit diese nur in dem Einflusse der großen Zeit selbst, sie spricht: die Macht der Verhältnisse macht auch die Menschen stark und mächtig; die Größe der Anforderungen steigert die Größe der Leistungen. Also die Umstände machen die Menschen der einen Zeit groß, die der andern dürftig und klein. Das ist die kurzsichtige Weisheit der Kinder dieser Welt. Das Wort Gottes aber geht allen Dingen auf den Grund; führt den Menschen von der Aeußerlichkeit zu der Innerlichkeit, schärft das Auge für die Erkenntniß der geheimsten Abgründe. Es weist uns auch hier in unserm Urtheile auf etwas ganz Anderes hin. Ich bin der HErr, spricht der ewige Erlöser, der dich von Mutterleibe hat zubereitet. Dort also ist die heilige Stätte, da die großen Geister zugerichtet werden; dort ist das verborgene Heiligthum, wo die Grundlage einer gewaltigen Zeit geschaffen wird; dort die Werkstätte, wo der geheimnißvolle Organismus der wundervoll in einander greifenden Gaben gebildet wird; und der große Meister ist Gott der HErr selbst. Und der zweite wichtige Punkt, auf welchen die Schrift unsere Aufmerksamkeit lenkt, ist der Ruf, der zu seiner Zeit an die Geister, welche der HErr also zugerichtet hat, ergeht. „Der ich spreche zu Kores, fährt das Wort des ewigen Gottes fort; der ist mein Hirte und soll allen meinen Willen vollenden." Dieser Ruf hat seine ganz bestimmte Zeit. Bis zu ihm sind die Geister in steter Vorbereitung. Sie wandeln dahin in stiller Ruhe; Niemand merkt es ihnen an, daß sie die Schlachthelden sind, die hinausziehen werden in den großen Streit; sie sind sich selbst ein Geheimniß, sie kennen nicht den Beruf, der ihnen im Mutterleibe geworden; sie ahnen nicht den Umfang der Kräfte, die in ihres Geistes Tiefen gelegt sind; ja sie erschrecken vor der Größe der bevorstehenden Gefahren, wenn nun der Streit beginnt. Aber der innere Ruf ist mächtiger, als die Bedenken. Es reißt sie fort mit geheimnißvoller Macht, im Kampfe wachsen die Kräfte, und die hohen Anforderungen der Umstände wecken die schlummernden Gaben. So entsteht das wunderbare Zusammengreifen. Sie schaffen die große Zeit und die große Zeit weckt ihre Größe. Das ist die biblische Anschauung. So lehret uns der Mund der Wahrheit.

In eine so gewaltige Zeit wollen wir uns nun mit unserer

Betrachtung wenden, in die Zeit der Reformation, wohl die größte Zeit seit den Tagen der Apostel. Wir wissen, wer der Kores jener Zeit war, der große Held, der im Kampfe der Geister als mächtiger König voranschritt, an den zuerst in unzweideutiger Klarheit der Ruf des HErrn erging: Du bist mein Hirte, du sollst Jerusalem wieder bauen und den Tempel wieder gründen. Es ist unser großer D. Martin Luther. Als er den Ruf vernommen hatte, da ließ er ihn hinaus erschallen in alle Lande; und die Geister, die der HErr im Mutterleibe zubereitet hatte, vernahmen sein Wort; hier war kein Neid und keine Eifersucht. Die schon lange in ihrer Pilgrimschaft gelebt, die fast schon gemeint hatten, sie würden die Augen noch schließen, ehe der von Gott gesendete Kampfesheld aufträte, wie die jungen, frischen Kräfte jauchzten dem berufenen Helden zu und zogen fröhlich mit in den Streit. Es war eine fröhliche Zeit. Freudige Lust erfüllte Aller Herzen, wie wenn die frischen, erquickenden Lüfte eines Maienregens über die Gefilde wehen.

Das zeigt die Wahrheit des Berufes des wahren Kores auf dem Gebiete der Kirche, daß um ihn sich seine Schlachthelden sammeln, wenn er ruft; daß die mächtigen Geister von Gott bereitet sind und seine Stimme hören, wenn er zum Kampfe das Zeichen gibt. Das ist die wahre Legitimirung des von Gott gesendeten Reformators. Luther hat seine Kampfesgenossen gefunden und in seltener Herrscherkraft ist er unter ihnen gestanden; Neid kannten sie nicht gegen den großen Fürsten des geistigen Kampfes. Er aber kannte die Seinen, wußte ihnen die rechte Stelle anzuweisen, hat ihnen stets die gebührende Achtung gezollt und jedem die nöthige Selbstständigkeit gegönnt. Das Leben des Mannes, das wir nun betrachten wollen, wird reichliche Belege dazu liefern.

Es ist lohnend, den Seelen solcher Kampfgenossen des großen Streiters nachzugehen. Solche Betrachtung führt in das Verständniß der großen Haushaltung Gottes ein und läßt uns das wunderbare Zusammengreifen seiner Weisheitswege schauen, lehrt uns die mancherlei Pfade kennen, von denen er seine Streiter zu dem Einen Kampfe zusammenruft und läßt uns den Reichthum seiner Gaben erkennen, die er in jeder Persönlichkeit in besonderer Weise auswirkt, und in großen Zeiten am kräftigsten, auf daß nicht die Selbstständigkeit der Starken vor der Kraft des Stärksten in Ohnmacht zusammensinke. Als eine solche selbstständige Kraft werden wir auch diesen Zeugen erkennen, von dessen Jugend wir nun zunächst zu erzählen haben.

Paul Speratus war den 13. Dezember 1484 um 7½ Uhr früh geboren, er war also nur ein volles Jahr jünger als Luther, und hat diesen überlebt. Die wenigen Notizen, welche wir über seine Jugendzeit besitzen, hat der verdienstvolle Schlesier, Melchior Adami, in seiner werthvollen Sammlung der merkwürdigsten Männer Deutschlands, zusammengestellt. Leider sind sie zu dürftig, als daß sich ein bestimmtes Bild von dem Jünglinge daraus gewinnen ließe. Doch bleibt es immerhin dankenswerth, daß er viele Quellen, die uns nicht mehr zu Gebote stehen, benutzte, und dadurch die Lebensumstände vieler frommen und gelehrten Männer der Nachwelt bewahrte. „Ich weihte dieses Werk", so schrieb er in dem frommen Sinne unsrer Väter, „dem gemeinsamen Vaterlande, der Mutter so vieler trefflicher Geister, dem Andenken ausgezeichneter Tugend, die Gott erkannt sehen will, da sie von Ihm Zeugniß gibt, und keine treffliche Tugend, wie schon der Heide Seneca richtig sagt, ohne Gott ist; der frommen Nachwelt, die fürwahr nicht Weniges zur Zierde des Vaterlandes, zur Ehre Gottes, zur Vervollkommnung und Besserung zu thun haben wird."

Speratus stammte aus einem altadeligen schwäbischen Geschlechte, von Spretten genannt, mit dem Beisatze a Rutilis Lilienthal nennt sie in seinem erläuterten Preußen (I, p. 250) die von Sprettern, und erwähnt, daß dasselbe, vielleicht in den Nachkommen des Speratus, noch lange in Preußen geblüht habe. Die andere Bezeichnung bezieht sich vermuthlich auf den Ort seiner Geburt, denn er wird in Briefen auch Speratus von Retlen genannt, was ein schwäbischer Ort sein mag. Nach der Sitte seiner Zeit gab er sich nun einen lateinischen Namen, der an seinen deutschen erinnerte und zugleich einen lieblichen Sinn in sich schloß. Er nannte sich Speratus, der Erhoffte, und pflegte sich gewöhnlich nur mit diesem Namen zu schreiben. Seine Gegner aber verkehrten seinen Namen in Desperatus, der Verzweifelte, und desperatorum spes, Hoffnung der Verzweifelten. Allein eben dieses, Verzagen und Verzweifeln, war diesem Manne völlig fremd. Mitten im Kreuze steigerte sich sein Muth. Seine Feinde haben ihn nie verzagt und trostlos gesehen.

Er zeigte sich als ein würdiger Sohn seiner Heimath. Das, was dem Schwabenlande als besondere Tugend nachgerühmt wird: Treuherzigkeit, Geradheit, Feindschaft gegen alle Lüge und verführerische Künste, Derbheit und Redlichkeit sind auch bei ihm hervorstehende Züge. Ein männlicher Zorn erfaßt ihn, wenn er die Unlauterkeit der Universitäten jener Zeit schildert. „Hilf Gott, so beginnt er seine Schrift gegen die Wiener, wie groß ist der grimmige Zorn Gottes über die Sünden der Gottlosen, die nun zum Ende der Welt so gewaltig und schwer eingerissen sind, daß alle hohen Schulen, die man bisher für den rechten Kern der christlichen Kirche gehalten hat, also grob und stockblind zu großer Aergerniß, auch fast der Auserwählten, narren müssen." Es empört sein innerstes sittliches Gefühl, daß seine Feinde seine Lehren verdammten, ohne sie nur genau zu kennen oder vor Augen zu haben, und erst hinterdrein seine Predigt von ihm begehrten. Eine schöne Sache ist das, schreibt er. Sie handeln gleichwie jene, welche Einen Vormittags an den Galgen hingen, und sich dann Nachmittags darüber setzten und rathschlagten, ob sie ihm Recht oder Unrecht gethan hätten. Voll heiligen Zornes ruft er: „Aus mit den Buben: Nur immer hin zum Papste, sind sie denn nicht Buben? Was haben sie denn so arg mit ihren Artikeln das Licht gescheuet! Sie müssen doch damit hervor an's Licht." Mit ächt schwäbischer Derbheit schilt er seine Gegner; ohne eben die Feinheit des Ausdrucks sonderlich zu beachten. Je deutlicher, je kräftiger, je markiger die Sprache, desto treffender findet er sie; denn Geradheit und Ehrlichkeit ist ihm das erste Gesetz. Dem Aufrichtigen läßt es Gott gelingen: dieses Wort der Schrift hatte tiefe Wurzeln in seinem Herzen geschlagen. „Was war, schreibt er, die Ursache ihres gottlosen Vorwitzes, daß sie so christliche Artikel verdammten? Dies: der Teufel mußte seine stinkenden Böcke alle zusammen bringen, die in seinem Bockstall gehörten. Wären sie aus Christo gewesen, so hätten sie, da nun so lange seine Stimme gehört worden ist, dieselbe als seine Schäflein ohne Zweifel erkannt und angenommen, wären ihm auch als dem rechten Hirten nachgefolgt; nun aber müssen sie zufahren, richten und verdammen eben das, was doch der Geist Christi in der Schrift selbst redet." Noch derber zieht er in seinen einzelnen Entgegnungen wider die Professoren der Wiener Hochschule los: „Hart, hart, beginnt er. Ich muß auf österreichisch mit euch reden, ihr lieben Käsfuppen zu Wien. Laßt uns sehen, was die Wien'schen Theologen für einen Titel mit diesem Artikel verdienen. Sie verdienen fast wohl, daß man sie die ungelehrten Eselsköpfe nennen sollte." In dieser derben Sprache redete er mit seinen Gegnern. Freilich gilt das nicht von ihm allein. Es war die Sprache jener Zeit. (Sein Gegner redet noch viel derber. Er sagt von seiner Schrift: Ich glaube, ein besoffenes und taumelndes Schwein hat dies Alles ausgespieen.) Doch leuchtet aus dem allen die offene Geradheit und Biederkeit seines Wesens hervor, welche aller Lüge gram war und ihre Schleichwege unverholen aufdeckte. Das also bildete die Charakterzüge des Mannes, welche jedenfalls mit zu den trefflichen Naturgaben gehörten, die schon im Knaben und Jünglinge sich geltend machten.

Da ihm der Wohlstand seiner Eltern die Mittel bot, seinen Wissensdurst zu befriedigen, und diesem der natürliche Zug entgegen kam, hinauszuschweifen in die Ferne: so trieb es denn den fähigen Jüngling in's Ausland, hin zu jenen Universitäten, welche damals durch den Ruhm ihrer Gelehrsamkeit und durch den Ruf einer zahlreichen Zuhörerschaft sich auszeichneten. Es mochte etwa das Jahr 1504 sein, da machte er sich auf, verließ die deutschen Gauen und zog hin zur allberühmten Universität Paris, nicht etwa um französisches Wesen kennen zu lernen und Frankreichs leichtfertige Sitten sich anzueignen: das war damals den Deutschen noch fremd; auch war dazu die Scheidewand der Nationen, welche auf dieser Universität sehr scharf geschieden waren, zu groß. Ihr Ursprung geht zurück auf unbestimmte Zeiten; ihr Einfluß auf deutsche Universitäten war groß. Ihre Einrichtungen galten als Muster; ihr System als das geregeltste. Von ihr ging die Eintheilung in vier Nationen aus; jede Nation hatte einen Magister artium als Prokurator an ihrer Spitze. Der innigste Zusammenhalt der einzelnen Nationen war gegeben. Die Gefahr war ferne, in ein fremdes Wesen hineinzugerathen. Aber freilich die Gottesgelehrsamkeit, welche dort gelehrt wurde, war noch ganz von den Banden der alten Scholastik gefesselt, welche Gottes Wort für einen Tummelplatz menschlicher Spitzfindigkeit ansah, und nicht darauf abzielte, das Herz für die Erneuerung im Geiste des Gemüthes zu gewinnen, sondern nur eine Summe von Verstandes-Begriffen zu erzeugen. Es konnte dem jungen strebsamen Manne nicht genügen. Hatte er doch in seiner Heimath schon Besseres kennen lernen; denn damals wirkten bereits die berühmten Gelehrten, Erasmus und Reuchlin, in Deutschland, welche sich die hohe Aufgabe gesetzt hatten, ihre Landsleute auf das

Studium der heiligen Schriften von den Menschensatzungen hinzuweisen, und die ihre Anregung aus Italien empfangen hatten. So war denn in dem jungen Manne, dem die äußern Mittel hierzu gegeben waren, der Entschluß reif, nach Italien, dieser Heimath klassischer Bildung, damals Ziel der Sehnsucht aller nach tieferer Ausbildung ringender Deutscher, sich zu wenden. Er besuchte dort die bedeutendsten Universitäten und beschäftigte sich hauptsächlich mit dem Studium des Kirchenrechtes. Dort lernte er den Gegensatz kennen, der zwischen der älteren und neueren Bildung sich eben damals in immer bedrohlicherer Weise herausbildete und der dann zu so schweren Kämpfen sich gestaltete, wie sie die Zeit sah, welche unmittelbar dem Auftreten Luthers voranging. Es konnte für ihn keine Frage sein, wofür er sich entscheiden sollte. Als er später nach Deutschland zurückkehrte, sah er mit Trauer das engherzige Entgegenstemmen der meisten deutschen Universitäten gegen den neuen Geist, der die alten Fesseln zersprengen sollte. Er mußte selbst diese bittere Feindschaft später in schmerzlicher Weise empfinden.

Es sollte aber dieser Aufenthalt in Italien ihm zugleich dazu dienen, das tiefe sittliche Verderben, welches damals die ganze italienische Geistlichkeit durchdrungen hatte, genauer kennen zu lernen. Es ist bekannt, welch tiefen Eindruck einige Jahre später dieselbe Beobachtung auf Luther gemacht hat. Wenige Jahre waren damals verflossen, seit der edle Savonarola durch die Gottlosigkeit seiner Henker sein Leben der heiligsten Ueberzeugung geopfert hatte. Im Jahre 1503 war der schändlichste der Päpste, Alexander VI, der Vater des schauderhaften Freylers, Caesar Borgia, dieses Virtuosen des Verbrechens, und der Lucretia, die ihre Grabschrift, welche ihr Pontanus schrieb, Tochter, Braut und Schwiegertochter dieses Papstes nennt, aus dem Leben geschieden, und eben regierte Julius II, welcher mehr Soldat als Geistlicher war. Es ist natürlich, daß solche Eindrücke nicht spurlos an dem redlichen, deutschen Gemüthe bleiben konnten. Es steigerte dies nur seinen Abscheu vor dem greulichen Lügenwesen, welches er dort sah. „Sie haben die Sache zu grob getrieben, schreibt er deshalb einmal; sie haben gedacht: es hat nun keine Noth mehr; wir haben sie schon bei der Nase erwischt. Sie werden und müssen dahin, wie und wohin wir sie führen. Das ist der größten Erznarrheiten eine, womit sie Gott geplagt hat, daraus ist alle andere Unsinnigkeit erfolgt. So stürzet Gott seine

Widerchristen, wenn sie sich dünken, sie stehen am allersichersten.

Doch der Ruf an den großen Heerfürsten, an den geistigen Kores, war noch nicht ergangen. Es sollten alle diese Erfahrungen für Speratus nur vorbereitender Art sein, für die Zeit, wenn nun der große Reformator hervortreten würde, um dann unter seine Fahnen als einer der ersten Helden des Streites sich zu stellen und das heilige Werk mit zu fördern, Jerusalem wieder zu bauen und seinen heiligen Tempel wieder zu gründen, in welchem Priester in reinen Gewändern dem Herrn dienen sollten in heiligem Schmucke.

Zweites Kapitel.
Entscheidung des Speratus für die Reformation.

> Wehe der prächtigen Krone der Trunkenen von Ephraim, der welken Blume ihrer lieblichen Herrlichkeit, welche stehet oben über einem fetten Thal derer, die vom Weine taumeln. Siehe, ein Starker und Mächtiger vom Herrn, wie ein Hagelsturm, wie ein schädliches Wetter, wie ein Wassersturm, die mächtiglich einreißen, wird in das Land gelassen mit Gewalt, daß die prächtige Krone der Trunkenen von Ephraim mit Füßen zertreten werde.
> Jes. 28, 1—3.

Damals, als Speratus in die Heimath zurückkehrte, war noch keine Ahnung des Wassersturmes, der bald hereinbrechen sollte, blos leichte Wolken zeigten sich am Horizonte, die nur nachdenklichen Naturen als Vorboten des hereinbrechenden Wetters erscheinen mochten. Speratus selbst mußte den Gedanken, die später seine Brust so mächtig bewegten, noch fern sein. Wir lesen von ihm die freilich nicht weiter verbürgte Nachricht, daß er in den Orden der regulären Kanonifer eintrat. Aehnlich wie Luther wollte auch er das Heil seiner Seele im Mönchsstande finden: die Erfahrung sollte ihm Besseres lehren; das Wort des Heiles selbst sollte ihm die wahre Leuchte bringen. Wir hören aus der nächsten Zeit nichts von seinen näheren Lebensumständen. In seiner Heimath hatte damals der edle, strebsame Reuchlin den großen Kampf mit seinen leidenschaftlichen Gegnern zu bestehen. Jedenfalls blieben ihm diese Kämpfe nicht fremd. Reuchlin galt als die Zierde des Schwabenlandes. Sein Geist strebte nach dem Tiefsten und

Höchsten. Die alte Weisheit der Cabbala, die glühende Lichtes=
funken aus der göttlichen Offenbarung des Alten Testaments
empfangen hatte, erfüllte seine Seele, welche nach der innigsten
Vereinigung mit Gott sich sehnte. Es lebte in ihr die Er=
kenntniß: Gott, der sich des Umgangs mit der heiligen Seele
freut, will sie in sich verwandeln, in ihr wohnen. Gott ist
Geist, das Wort ist ein Hauch, der Mensch athmet, Gott ist
das Wort. Die Namen, die er sich selbst gegeben, sind ein
Widerhall der Ewigkeit: da ist der Abgrund seines geheimniß=
vollen Webens ausgedrückt; der Gottmensch hat sich selbst das
Wort genannt. — Doch Reuchlin selbst war der Hagelsturm
noch nicht, dessen die Zeit bedurfte, um ihre in den Augen der
Weltmenschen so liebliche Herrlichkeit zu zerstören und ihren
welken Blumen den Garaus zu machen. Er, der in der Stille
forschende und nicht für die Oeffentlichkeit geborene Mann sah
sich ungern in den Vordergrund des Kampfes gerückt: er über=
ließ gern den muthigen Angriff Andern; ihm war es genug,
die Wahrheit zu bekennen und zu vertheidigen, wo man seiner
Stimme begehrte. Gott Lob, ruft er aus, als er von dem
Auftreten Luthers hörte, nun haben sie einen Mann gefun=
den, der ihnen so blutsaure Arbeit machen wird, daß sie mich
alten Mann wohl in Frieden werden hinfahren lassen. Er war
der Simeon, der vom Schauplatze des irdischen Lebens scheiden
sollte, als das Licht des Evangeliums von Neuem aufging.
Er starb am 30. Juli 1522 im 67sten Jahre. Sanft war sein
Gemüth, ängstlich sein Sinn; Würde und senatorisches Ansehen
schmückten den edlen Greis.

Doch als der Morgenstern eines bessern neuen Lebens dem
Untergehen nahe war, da ging bereits die Sonne eines schönen
Tages hell leuchtend auf. Der Mann, welcher von Gott ge=
sendet war, die Finsterniß einer lange dauernden Zeit zu zer=
streuen, und ein fröhliches, helles Licht über die sehnenden Her=
zen auszugießen, war gekommen. Nicht sanft und leise trat er
einher, nicht ängstlich und verzagt war sein Muth. Er fühlte
in sich die Kraft, die prächtigen Kronen der Trunkenen von
Ephraim ihnen vom Haupte zu reißen und alle falsch berühmte
Herrlichkeit in den Staub zu legen. Als ein Starker und
Mächtiger erschien er vom Herrn. Gleich einem Hagelsturme
fuhr er über die welken Blumen der Hierarchie, gleich einem
brausenden, schädlichen Wetter über die Menschensatzungen einer
durch falsche Philosophie verdorbenen Gottesgelehrsamkeit; gleich

dem Sturme gewaltiger Wasserwogen, welche mächtiglich einreißen, drang er unaufhaltsam vorwärts. Jene Bauten, die stolz und majestätisch vor den Augen prunkten, aber innerlich faul und morsch und auf sandiger Grundlage erbaut waren, stürzte er unerbittlich nieder. Umsonst erhoben sich die Propheten des alten Wesens, umsonst verbündeten sich die Doktoren der alten Schulen. Sie fühlten es, solchen Wasserwogen gegenüber mußten ihre Stützen brechen. Die aber das Wesen der neuen Zeit erkannten, freuten sich der streitbaren Helden des Herrn.

Speratus scheint mit Luther zuerst in Augsburg bekannt geworden zu sein, denn nach dem Zusammenhange der geschichtlichen Berichte zu schließen, muß er eben um jene Zeit dort als Prediger gelebt haben, als Luther vor dem Cardinal Cajetan erschien, im Jahre 1518. Es war diese Bekanntschaft auf jenem Reichstage für Viele ein Anfang besserer Erkenntniß. So mag auch er dort zuerst auf den unscheinbaren Mönch aufmerksam geworden sein, der in hagerer, abgezehrter Gestalt vor dem prunkliebenden, auf seine neue Legatenwürde stolzen römischen Doktor stand. Es waren für Speratus wohl bekannte Gegensätze, die sich hier begegneten; waren sie ihm doch auf den Universitäten Italiens ebenfalls entgegen getreten. Es stand hier in diesem Cardinale der eifrigste Vertreter der Schule des hochberühmten Thomas von Aquino, der diesem zu Ehren bei seinem Eintritte in den Dominikaner-Orden seinen Taufnamen Jacob aufgegeben und den Namen seines großen Meisters angenommen hatte, dem jungen Doktor gegenüber, welcher von einer Universität kam, die entgegengesetzte Grundsätze vertheidigte und die alte Scholastik stürzen wollte; und Luther war ein Hauptvertreter dieser Richtung. So trat er in aller Demuth und sogar ängstlicher Beachtung des äußern Cerimoniels dem vornehmen Priester gegenüber; aber als es sich um das Wesen der Wahrheit, um das Bekenntniß der seligmachenden Lehre handelte, da kannte er keine Unterordnung und keine Nachgiebigkeit. Die tief liegenden, geistvoll blitzenden Augen des mystischen Mönches erschütterten den scholastischen Gelehrten. Es mochte ihm eine bange Ahnung sagen, daß ein böses Wetter durch diesen Mann über die trunkenen Edlen Ephraims kommen werde.

Luther schied insgeheim und unbemerkt aus Augsburg, aber der tiefe Eindruck, den er dort auf manche Kreise gemacht hatte, mich nicht mit ihm. Es fanden sich besonders unter den Geistlichen und Mönchen der Stadt viele, welche erkannten, daß in diesem Manne nicht etwa Streitsucht der Schulen das Bestimmende sei, sondern daß ein neues, wahrhaft evangelisches Leben in ihm anbreche, dem sie mit Freuden zujauchzten. Selbst den Bischof jener Diözese hielten die jugendlichen Verehrer der Sache Luthers für einen Freund seiner Bestrebungen. In dem Karmelitenkloster daselbst fand sich Mancher, der voll Eifer Luthers Schriften las. Es ist bekannt, daß auch Urbanus Regius, welcher später so eifrig für die Sache der Reformation wirkte, in dieses Kloster sich begab, weil er nicht länger mit seinem bisherigen Lehrer Eck gehen wollte und wohl wußte, daß der Prior desselben und seine Geistlichen es mit Luther hielten. Bitter schrieb ihm der erzürnte Eck: Da die Bosheit deinen Verstand verblendet hat, so daß ich keine Hoffnung mehr auf deine Rettung und deine Besserung habe, sondern ich dich als einen Ketzer meiden muß, weil du eine Todsünde begangen hast, so kann ich nicht mehr für dich beten. Ich sähe es gern, daß du in das Verderben des Fleisches hingegeben würdest, damit deine Seele genäse, was ich nicht meinem Balthasar wünschte, allein ich besorge, es möchte sein Leib und seine Seele in ewiger Pein untergegangen sein. Der edlere Schüler antwortete ihm: „Ich danke dir noch jetzt und werde meinem Herrn immer für deine treue Liebe danken. Deiner Wohlthaten werde ich nie uneingedenk sein, sondern immer zu dem Herrn für dich beten, obgleich du mich aufgiebst. Muthig höre ich des Eck, eines Menschen, Urtheil, warte aber auf Christi Entscheidung. Du kannst mich als Ketzer meiden, aber hüte dich, die Schrift zu meiden, auf die ich mich gründe. Du betest nicht mehr für mich. Wehe dem Urbanus, wenn durch Ecks Urtheil der Himmel ertheilt und versagt wird. Eine Todsünde begeht, wer Christum leugnet und im Unglauben verharrt; der aber nur verwirft Christum, der seine Sünden nicht bereut und sich der durch Christum gewährten Gnade nicht erfreut. Daß ich so gesinnt sei, hast du nicht bewiesen, obgleich ich auch ein Sünder bin, denn ich vertraue auf Christum, ob auch ein armes Schäflein. Wer aber an ihn glaubt, wird nicht zu Schanden; der Mensch siehet auf das Aeußere, aber Gott urtheilt nicht nach dem Ansehen. Ich gieße nicht die bittere Galle des Neides auf dich aus, sondern zeige nur aufrichtig, was mich hindert, der Ansicht des Eck sogleich beizutreten; ich will Besseres anerkennen, wenn man es mir zeigt. Du aber spielst die Rolle eines Richters, ehe du den Handel untersucht hast. Du drohst mir mit deinem herben Urtheil, als ob ein Christ dieses fürchtete, wenn er die Wahrheit sucht; durch keine Donner deines Grimmes, wie groß er auch sei, werde ich mich von der Wahrheit abhalten lassen. Aber wenn du die Wahrheit ohne Bitterkeit lehren wirst, so will ich deine Meinung gerne aufnehmen. Es ist eines Theologen unwürdig, mit Schmähungen zu drohen. Ich schreibe dies, von keinem Schutze der Welt geschirmt, was du von dir nicht rühmen kannst. Ich bitte dich also, richte nicht vor der Zeit, bis der HErr kommt, der auch das Verborgene wird an das Licht bringen und den Rath der Herzen offenbaren. Dann wird ein Jeglicher sein Lob haben von Gott." So schrieb der frühere Mönch, der dann Luthers Beispiel folgend das Kloster verlassen und sich mit Anna Weisbrucker, einer Augsburgerin, ehelich verbunden hatte, an den grimmigen Professor zu Ingolstadt. — Welche Richtung aber im Domkapitel zu Augsburg herrschte, bezeugt genügend, daß Eck auf seiner ersten Liste der Gebannten auch den Domherrn Adelmann nannte. Es stand dieser mit seinen Wünschen und Hoffnungen nicht allein unter seinen Genossen.

Mit den Männern dieser Richtung stand nun Speratus im Verkehr, so lange er in Augsburg wirkte, von dort schied er wohl im Jahre 1519 und begab sich nach Würzburg, woselbst er mit allem Eifer Luthers Schriften studirte und mit immer größerer Entschiedenheit sich für die Reformation erklärte. Es hatten gerade diese ersten Schriften Luthers einen begeisternden Einfluß, und Speratus fühlte die Wahrheit seiner Lehre so tief, daß er schon jetzt das als entschiedene Aufgabe seines Lebens erkannte, als Mitstreiter für Luthers heilige Sache sich mit diesem zu verbinden. Er mochte etwa in den letzten Lebenswochen des edlen Bischofes Laurentius von Bibra dort eingetroffen sein. Denn die gläubige Richtung dieses Luther wohlwollend zugethanen Mannes und der überwiegenden Anzahl seiner Domherrn scheint ihm Anlaß geworden zu sein, daß er sich eben dorthin wendete. Allein schon am 6. Februar 1519 schied derselbe aus diesem Leben, und mit ihm die freudige Hoffnung auf den Sieg des Evangeliums im Bisthume. Wohl vereinigten sich die Stimmen der entschiedensten Freunde der Reformation bei der neuen Bischofswahl auf den ehrwürdigen und gelehrten Domherrn Jakob Fuchs, der ein entschiedener

Anhänger Reuchlins war, aber andere Rücksichten lenkten die Wahl auf einen Adeligen, Conrad von Thüngen, der nur zu schnell zum Verfolger des Evangeliums ward. Bald ward Fuchs selbst ein Verfolgter. Er aber schrieb seinem Bischofe die schönen Worte: „Ich will mich für gehorsam bekennen dem, der alle Dinge aus nichts geschaffen hat, ohne den nichts geschehen, der alle Welt in einem Augenblicke wieder zerstören kann. Was soll man sich lange bedenken und Rath holen, ob man ihm mehr, als den Menschen soll gehorsam sein? Es ist ja Gott mehr als der Mensch, und Alle, so Gottes Willen verlassen und auf Menschen vertrauen, sind verdammt und unselig." Ebenso dachte Speratus, seine Ueberzeugung menschlicher Gunst zu opfern lag ihm fern. Als er erkannte, daß hier die Freiheit, Gottes Wort zu predigen, ein Ende habe, verließ er Würzburg und suchte eine andere Stätte, wo er das Evangelium frei den Menschen verkünden könnte. Er wandte sich nach Salzburg, vermuthlich noch im Jahre 1519, da er im Jahre 1520 sich nach Wien begab und doch in der Zuschrift seiner Uebersetzung des Buches Lutheri: de instituendis ministris ecclesiae von sich bezeugt: Ich habe als Domprediger (zu Salzburg) etliche Jahre euch das Wort, wolle Gott nützlich, verkündet.

Es war für ihn eine gesegnete Wirksamkeit, denn noch hatte sich dort die Feindschaft nicht entzündet, welche ein paar Jahre darauf mit Banden und Verfolgung das Evangelium zu unterdrücken versuchte. Er konnte im Dome frei das reine Wort Gottes verkündigen. Große Empfänglichkeit zeigte sich daselbst bei den Einwohnern, und in die ganze Umgebung drang das Licht des Evangeliums. Dorthin zog sich um jene Zeit auch Staupitz, der edle Freund und Förderer Luthers, wo er als Abt bei St. Peter lebte und eine Schrift „von unserm heiligen christlichen Glauben" herausgab. Luther billigte freilich diesen Schritt nicht. Er schreibt ihm Sonnabend nach der Octave des Frohnleichnams 1522: „Ich kann nach meiner Einfalt nicht verstehen, ob es Gottes Wille gewesen, daß Ihr Abt wurdet, und scheint mir auch nicht gut zu sein. Doch will ich Eurem Geiste nicht zuwider sein, noch ihn richten. Eins aber bitte ich um Christi Barmherzigkeit willen, daß Ihr unsern Verleumdern nicht leicht glaubt. Wir haben wenigstens hier so gehandelt und handeln noch so, daß wir das Wort Gottes ohne Lärm und Aufruhr rein bei den Leuten lehren. Ich muß, liebster Vater, das Reich dieses Gräuels und Verderbens, des Papstes mit seinem ganzen Körper zu Grunde richten. Lebet wohl, mein lieber Vater, und betet für mich." Es war für Spera= tus eine kostbare Zeit. Er wollte sie nützen, so lange es Tag war, ehe die Nacht für diese Gegend wieder hereinbrach. Zu= gleich aber ward Speratus in der Erkenntniß der Wahrheit mehr und mehr gefördert. Sein Herz wallte über vor Freuden, in dieser Gegend der erste Zeuge des Wortes Gottes sein zu dürfen. Er dankte seinem Gott für die Gnade, daß sich seine Schafe um den treuen Hirten sammelten; er ward befestigt in der Treue gegen alles Anstürmen der Feinde. Wie groß ist, schreibt er einmal, die Gnade und Barmherzigkeit Gottes über alle Gerechten und Auserwählten durch den starken Glauben in Christum. Wie trefflich werden sie vor schädlicher Aergerniß in dieser kräftigen Ueberwältigung so vieler Irrthümer erhalten, da Gott die Gottlosen also warnen läßt, daß, wer sich nur sei= nes Wortes trösten und halten kann, ohne alle mühsame Wider= legung ihre Thorheit richten und verdammen kann. So werden sich diese Adler vor falscher Lehre zu hüten wissen und sich nur bei dem für sie gestorbenen Christus zusammen finden; sie wer= den der großen Zeichen der falschen Propheten nicht achten und nur das Zeichen Jonä ins Auge fassen, das Christum in seinem Tode und seiner Auferstehung bedeutet hat: worin die größte Macht des Glaubens liegt. Ja selbst die das Wort hören, aber nicht im Herzen behalten, greifen es jetzt, was es um die Pa= pisten ist, daß es so widersinnig und verkehrt sei, daß man es selbst durch natürliche Vernunft in vielen Stücken merken kann.

Mehr und mehr wurde ihm die Entwicklung der bisherigen Verderbniß der Wahrheit klar; so erst konnte auch die rechte Heilung dieser Verkehrtheit verstanden werden. Er sagt: „Zuerst mußte sich der Satan in die Gestalt eines guten Engels ver= stellen, wollte er die Christen betrügen. Als er dies vollbracht hatte, fing er an sammt der falschen Lehre auch der Welt teufli= sche Exempel in den Geistlichen vorzutragen, so daß man nun denken mußte: Wäre das wahr, was die Pfaffen sagen, so thä= ten sie selbst darnach. Nun wissen sie, daß es nichts ist; es ist ihnen blos um ihren Geiz zu thun. Es kann aber nicht sein, daß die Lüge durch sich selbst bestehe, man muß sie mit der Wahrheit spicken, will man sie in die Leute treiben. Nun ist aber die Wahrheit der Art, daß, ob man sich ihrer auch un= recht benutzt, sie sich nicht verbergen kann, sondern bei etlichen fruchtbar werden muß. Es kann der Regen des Wortes Gottes nicht vergeblich fallen, wie wir denn glauben, daß viel frommer Christen sind erhalten worden, allein deshalb, daß sie die wahren Sprüche der Schrift, von den falschen Propheten betrüglich eingeführt, durch die göttliche Salbung recht verstanden und glaubten, sind sie selig geworden. Sie zwar wollten den Samen des Wortes Gottes durch ihre falsche Lehre in den Seelen unfruchtbar machen; wo aber der Acker die rechte Art hatte, ist des Samens und guten Erdreichs Natur viel kräftiger gewesen, denn ihre Büberei, und ist fruchtbar worden."

Seine Wirksamkeit dauerte bis Ende des Jahres 1520. Da erwachte der Gegensatz dort immer heftiger, und besonders der Bischof Matthäus Lang wurde von nun an ein heftiger Verfolger der Wahrheit. Es mochte mich, schreibt Speratus in der Vorrede zu seiner in Wien gehaltenen Predigt, der grausame Behemoth, der weitäugige Leviathan, der in Salzburg in seinem Neste sitzt, ferner weder dulden noch leiden, sondern versuchte was er wußte und konnte, bis er mich zuletzt von sich biß. Das machte, ich schrie ihm zu laut in die Ohren wider seinen unrechten Mammon, der sein einiger Gott und Nothhelfer ist. Deshalb machte ich mich auf im Namen Gottes, schüttelte den Staub von meinen Füßen über ihn und wich dahin von ihm.

In welcher Weise derselbe gegen das Evangelium auftrat, wie er jede Verbindung mit Wittenberg verbot, beweist am besten der schöne Brief, den Luther an seinen väterlichen Freund Staupitz am 17. Septbr. 1523 schrieb: Dem ehrwürdigen Vater in Christo, Herrn Johann, Abt zu St. Peter, Benediktinerordens in Salzburg, seinem Obern im HErrn, Vater und Präceptor, Gnade und Friede in Christo Jesu, unserm HErrn! E. Ehrw. Stillschweigen ist allzu unbillig. Was wir davon denken müssen, kann E. Ehrw. selbst urtheilen. Ob wir aber gleich E. Ehrwürden nicht mehr lieb und angenehm sind, so dürfen wir E. Ehrwürden doch nicht vergessen oder undankbar sein, durch welchen das Licht des Evangelii aus der Finsterniß in uns zu scheinen angefangen. Ich muß aber auch dieses gestehn, daß uns lieber gewesen wäre, daß Ihr kein Abt worden wäret; nun Ihr es aber seid, so müssen wir es geschehen und Jedem seine Meinung lassen. Mir ist gewiß sowohl, als Euren besten Freunden leid, nicht so sehr, daß Ihr von uns abgewandt, als daß Ihr dem Unthier, Eurem Cardinal, zu eigen worden seid, mithin sein unbändiges Toben, welches die Welt schier nicht mehr ertragen kann, leiden und dazu schweigen müsset. Wunder wird sein, wo Ihr nicht Christum selbst zu verleugnen in Gefahr stehet. Wir beten und wünschen demnach, daß Ihr aus solchem tyrannischen Kerker befreit wiederum unser werdet, hoffen auch, daß Ihr selbst darauf denket. Denn so viel ich E. Ehrw. kenne, kann ich diese beiden, wider einander laufende Dinge nicht begreifen, daß Ihr sollet sein, wie Ihr gewesen, wenn Ihr in diesem Stande zu bleiben gedenket, oder, wenn Ihr noch der alte seid, daß Ihr nicht solltet vom jetzigen Stand abzutreten gedenken. Weil wir aber das Beste von Euch denken und wünschen, so hoffen wir das Letztere, obwohl das lange Stillschweigen solche Hoffnung sehr schwächet. — Wo Ihr geändert seid, welches Gott verhüte, so will ich (daß ich frei rede) nicht mehr Worte verlieren, sondern bitten, daß Gott Euch und uns Allen gnädig sei. E. Ehrw. sieht, wie zweifelhaft ich schreibe, weil Ihr mit Eurem Stillschweigen uns so lange in der Ungewißheit lasset, wie Ihr gesinnet seid, da Ihr doch von uns gewiß seid, was wir halten und glauben, ich auch versichert bin, daß Ihr uns nicht von Herzen verachtet, wenn wir Euch schon ganz von Herzen mißfielen. Ich werde gewiß nicht ablassen zu wünschen und zu bitten, daß Ihr von Eurem Cardinal und dem Papstthum abgewendet werdet, wie ich auch bin, ja Ihr selbst gewesen seid. Gott erhöre mich und nehme Euch und uns zu sich. Amen.

So stand es also bereits im Jahre 1523 in Salzburg. Die ängstlicheren Gemüther waren eingeschüchtert, die Feinde der Wahrheit waren sich ihres Sieges gewiß. Doch sie sollten ihn nicht ohne schwere Kämpfe und ohne Anwendung der äußersten Zwangsmittel weltlicher Macht erreichen. Das Evangelium hatte viele Freunde gefunden, und als Speratus nun von Salzburg schied, schied damit nicht die Verkündigung der Wahrheit, die treuen Zeugen hin und her im Lande wurden eingefangen, Agricola sollte aus Altötting dorthin in einen finstern Thurm geschafft werden. Man hoffte ihn zu beseitigen. Der eifrige Gesellpriester Nuß entkam nur mit genauer Noth. Arsacius Seehofer, im Kloster des Staupitz gefangen, gewann die Freiheit. Ein anderer entschiedener Prediger der Wahrheit wurde zu ewigem Kerker verdammt. Als er nach Mittersill abgeführt wurde, kehrten seine Häscher im Wirthshause zu St. Leonhard ein. Er saß ruhig in seinen Ketten auf dem Rosse, an das er gebunden war. Da sammelten sich die Leute um den

Gefangenen und fragten, was das bedeute. Er schilderte ihnen beweglich seine Leiden; er sagte ihnen, wie der Bischof die Gläubigen verfolge, wie die erste Zeit der Leiden wieder gekehrt sei, wie die Predigt des Wortes Gottes Schmach und Bande nach sich ziehe, wie die Priester der Kirche zu Feinden des Gekreuzigten geworden seien. Für das Volk schlüge das Herz der treuen Prediger, aber Kerker und Bande und Tod sei ihr Lohn. Solches empörte die Leute. Sie brachen seine Bande, sie nahmen ihn mit Freuden auf, sie verjagten die Häscher und das Zeichen zu einer großen Bewegung war gegeben. Unkluger Weise ließ der aufgeregte Bischof einen der Leute, Namens Stöckel, verhaften und ohne Urtheil und Gericht auf der Peterswiese enthaupten. Solche Grausamkeit empörte seine Unterthanen, ein Schrei der Entrüstung und des Entsetzens ging durch das Land. Nur noch mehr bestätigt war das Wort des Predigers: Nicht Väter des Landes seien diese Priester, sondern grimmige Wölfe, die ihre Schafe zerrissen. Stadt und Land war einig. Die Bürger der Residenzstadt sammelten sich auf den Lärmruf der Trommel; sie wollten ihr Recht begehren. Die Landleute des Thales zogen zuhauf. Aus den Thälern des Pinzgau und Rauris, vom Pongau und Gastein, aus den äußersten Gränzen zogen sie herbei. Selbst vom Gebirge hernieder kamen die handfesten Bergknappen. Sie alle hatten über Unrecht und Härte zu klagen. Von auswärts traf die Kunde vom großen Bauernaufstande im Reiche ein. Das ermuthigte ihre Schritte. Der Erzbischof flüchtete in seine Burg. Von Ende Mai bis Ausgang August 1525 war er belagert. Es war nur eine Stimme, verderblich sei die Priesterherrschaft, der Papst sei der Antichrist, sein Hof zu Rom die Vorhölle, seine Bischöfe Abgesandte des Teufels. Da zog Herzog Ludwig von Bayern heran mit 8000 Mann vom schwäbischen Bunde. Doch als er ihre Stärke sah, versuchte der kluge Herr, der auch sonst seinen Vortheil hier wohl zu wahren verstand (dem bayrischen Prinzen Ernst mußte die Nachfolge im Bisthum zugesichert werden), den Weg der Güte, hörte die Beschwerden des Volkes, und wußte den Erzbischof zu Nachsicht und Gewährung mancher Bitte zu stimmen. Keiner sollte die Vergangenheit rächen. Allein das Wort ward schlecht gehalten. Im Mai 1526 suchte man die Rädelsführer einzufangen. Neuer Aufstand erfolgte. Diesmal wurden die Bauern durch die Uebermacht ihrer Gegner erdrückt; die ganze Bewegung nahm einen traurigen Ausgang. Nur im

Stillen wucherte der Samen des Wortes Gottes fort und ward so gereinigt von den Zuthaten menschlicher Leidenschaft, bis er in späterer Zeit mächtiger sproßte. Die darauf erfolgte Auswanderung der evangelischen Salzburger im 18. Jahrhundert lebt in aller Gedächtniß.

Speratus war in jener schweren Zeit nicht mehr in Salzburg. So entging er der schweren Entscheidung zwischen grausamer Tyrannei auf der einen, blinder Leidenschaft auf der andern Seite. Er hätte wie Luther damals gegen beides zeugen, beides verwerfen müssen.

Drittes Kapitel.
Sein Verweilen in Wien.

Ich will predigen die Gerechtigkeit in der großen Gemeine; siehe, ich will mir meinen Mund nicht stopfen lassen, HErr, das weißt du. Deine Gerechtigkeit verberge ich nicht in meinem Herzen, von deiner Wahrheit und von deinem Heil rede ich; ich verhehle deine Güte und Treue nicht vor der großen Gemeinde. Du aber, HErr, wollest deine Barmherzigkeit von mir nicht wenden, laß deine Güte und Treue allewege mich behüten. Ps. 40, 10—12.

Das gehässige Auftreten des Bischofes gegen die Predigt des Evangeliums war Speratus ein Zeichen, daß hier seine Wirksamkeit nicht mehr von Segen sein werde. Sein Entschluß stand fest, weiter zu ziehen. Es mußte ihm die Frage entstehen: Wohin? Ein eigenthümlicher Zug, der ihn immer weiter nach Osten trieb, gab ihm die Antwort. Er erkannte es für seine Aufgabe, immer tiefer in jenes Land mit der Leuchte des Evangeliums einzudringen, wohin bisher kein Zeuge des Evangeliums gegangen war. Oesterreich wollte er durchwandern. In seine Hauptstadt dachte er sich zu begeben; vor dessen Universität selbst das Wort des Evangeliums zu verkündigen; hier in der großen Gemeinde öffentlich Zeugniß von der Gerechtigkeit Gottes zu geben, die in Jesu Christo erschienen ist. Es war ein großes, heiliges Unternehmen, und es gehörte dazu jene Freudigkeit, die mit dem Psalmisten rufen kann: Ich will mir meinen Mund nicht stopfen lassen, HErr, das weißt du. Er wußte, daß er dort auf bedeutenden Gegensatz stoßen würde; denn die Universität hatte bereits damals eine sehr entschiedene Haltung gegen Luther eingenommen. Allein das hielt ihn nicht zurück. Er erkannte es als seine heilige Aufgabe, mitten in jenen Landen Zeugniß zu geben von der Wahrheit, die ihm so strahlend und erquickend aufgegangen war; ja eben vor diese große Gemeinde hinzutreten und Gottes Güte und Treue vor derselben nicht zu verhehlen. Er konnte es sich deutlich voraussagen, daß Verfolgung und Lästerung seiner warten würde, allein seine Stärke wurzelte im Gebete, und in diesem flehte er, der Erhörung seines Gottes gewiß: Du aber, HErr, wollest deine Barmherzigkeit von mir nicht wenden, laß deine Güte und Treue allewege mich behüten.

Er langte in Wien im Herbste des Jahres 1520 an, wandte sich zunächst an die Universität und suchte deren Mitglieder genauer kennen zu lernen. Diese, im Jahre 1365 gestiftet, die älteste Universität Deutschlands nach dem böhmischen Prag, blickte mit Eifersucht auf die zu immer höherem Glanze emporsteigenden jüngeren Universitäten; von vorn herein war sie Gegnerin alles dessen, was von Wittenberg ausging. Es herrschte auf ihr nicht mehr der Geist ihres Stifters; ein Geist des steten Festhaltens an den veralteten scholastischen Formeln machte sich auf ihr geltend. Dieser steht immer im Bunde mit blindem Eifer und leidenschaftlicher Verfolgung. Erzherzog Rudolf IV. von Oesterreich hatte in dem diploma, das er seiner neugestifteten Universität zustellte, als seine Absicht bei der Stiftung derselben dies ausgesprochen: „Da ihn Gott zum Regenten beträchtlicher Länder bestellt habe, so sei er Ihm Dank und seinem Volke alles Gute schuldig. Ein innerer Trieb bewege ihn daher, in seinen Ländern Anordnungen zu treffen, durch welche des Schöpfers Gnade gepriesen, der rechte Glaube ausgebreitet, die Einfältigen unterrichtet, die Gerechtigkeit des Gerichtes erhalten, der menschliche Verstand erleuchtet, das öffentliche Wesen gefördert und die Herzen der Menschen für die Erleuchtung des heiligen Geistes zubereitet würden. Und wären nun die Finsterniß der Unwissenheit und die Irrthümer vertrieben, so sollten die Menschen, der göttlichen Weisheit zugewendet, die in keine boshafte Seele kann, aus ihrem Schatze Altes und Neues hervorbringen und viele Frucht bringen auf Erden." So dachte ihr edler Stifter, und in solchem Geiste nahte sich ihr auch Speratus, als er noch in diesem Jahre auf der Universität um die Doktorwürde nachsuchte, die er sich denn auch errang. Er wollte ein Doktor jener ewigen Weisheit werden, welche vom heiligen Geiste ausgeht, und zunächst für die Fin-

fterniß ftrafend, dann für die Erleuchtung von Oben zuberei=
tend wirkt und fo zu jener Gerechtigkeit hinführt, die von Chrifto
ausgeht. Dadurch hatte er ein befonderes Intereffe an diefer
Univerfität erhalten; es mußte ihm daran liegen, auch auf ihr
den Sinn für das Evangelium zu wecken. Er fand auch in
der That einige edle Seelen unter den Lehrern der Hochfchule,
aber freilich die meiften traten ihm mit blinder Wuth entgegen.
Es ift ein fchönes gefchichtliches Zeugniß, das er uns von den
Zuftänden der Univerfität in jenen Jahren gibt, wenn er fchreibt:
„Eine befonders große Gnade ift's, fo Etliche errettet und er=
halten werden (wie zu hoffen ift), die bei folchen hohen Schu=
len unter fo viel Gräuel, wie Daniel im gottlofen Babylon,
ungeärgert leben können, wie ich denn ihrer viele kenne, redliche,
chriftliche, gelehrte Männer zu Wien, deren die hohe Schule
dafelbft nicht werth ift." So ward alfo auch hier eine Schei=
dung durch das Evangelium bewirkt, und es follten ihm die
Schmerzen diefes Kampfes nicht erfpart werden. Befonders
Ein Ereigniß rief die ganze Bitterkeit feiner Gegner hervor.

Es war am 12. Januar des Jahres 1522, am erften Sonn=
tage Epiphaniä, als er im Dome zum St. Stephan zu Wien
über die Epiftel Röm. 12, 1—6 vor einer großen Verfammlung
und namentlich den Mitgliedern der Univerfität eine gewaltige
Predigt „von dem hohen Gelübde der heiligen Taufe hielt." Er
freute fich darauf, ein öffentliches Zeugniß feines Glaubens ge=
ben zu können. Seine Feinde hatten vorher einen Mönch auf
dem St. Peterskirchhofe angeftiftet, eine Predigt zu halten, in
welcher er den Eheftand aufs gräulichfte verläfterte. Diefe
Schmähung galt zunächft dem Speratus, welcher als Doktor
des Kirchenrechtes verheirathet war, und fein Gemahl, wie das
die Apoftel thaten, im Elende mit umherführte. Es war ihm
nun höchft willkommen, daß er durch den Vitzthum felbft und
den Richter mit Erlaubniß des Bifchofs berufen wurde, im
hohen Dom zu predigen. Da drang ihn fein Gewiffen, des
ehelichen Standes Ehre und Würdigkeit zu preifen, und er that
dies mit aller Freudigkeit. Er wies, ausgehend von dem erften
Verfe feines Textes, zuerft darauf hin, wie der Chrift in rechter
Weife gegen Gott ein Gelübde eingehe und nach gefchehenem
Gelöbniß mehr und mehr fich heiligen folle durch tägliche Opfe=
rung des Leibes in diefem Leben Gott zu Ehren. Denn die
Chriften feien in ihrer Bekehrung geiftliche Priefter geworden,
welche ihr priefterliches Amt befonders in folchen Opfern zu

verwalten hätten, die aus dem Glauben entsprängen. Paulus rede hier zu wiedergeborenen Christen, welche schon angefangen hätten, sich selbst Gott zu opfern, und nur zur Beständigkeit in dieser Pflicht ermahnt werden müßten, da sie ja schon durch das Gelübde der heiligen Taufe sich dazu verbindlich gemacht hätten. Ein größeres Gelübde könne der Mensch nicht thun; denn in der Erfüllung desselben flössen alle Gelübde zusammen, folglich sollte dieses Gelübdes vor allen andern Gelübden gedacht werden. Er erinnerte nun weiter daran, wie wenig der hohe Werth der heiligen Taufe beachtet würde, wie man durch allerlei Menschensatzungen dieses hohe Kleinod verdeckt und den Augen der Gemeinde fast entrückt habe; wie man die Klostergelübde erfunden und dieselbe als ein höheres und heiligeres Gelöbniß erklärt habe, als den Bund der hl. Taufe, wie man sie als evangelische Rathschläge bezeichne, während ihr Inhalt Pflicht aller Christen sei. Er verschmähet zwar solche Gelübde nicht, wenn sie in christlichem Sinn und Geiste geschähen. Als eine heilsame Erinnerung und Mahnung an das rechte und erste Taufgelübde, oder als ein Wahrzeichen zu gutem Exempel, seinen Glauben damit zu bezeugen, möge solches gelten, aber nicht, um die große und volle Bedeutung der heiligen Taufe zu schwächen. Denn in der heiligen Taufe schenken und geben wir uns Gott ganz und gar sammt Allem, was unser ist; das ganze Herz, das ganze Gemüth und alle Kräfte, so daß gar nichts überbleiben kann, was wir damit Gott nicht verheißen und gegeben hätten, da wir ja uns selbst ganz damit Gott ergeben haben.

Er ging dann über zu den einzelnen Gelübden, mit welchen man im Sinne der römischen Kirche zu dem Gelöbniß der heiligen Taufe noch höhere, und heiligere Zusagen Gott geben könnte. Er hob an zu reden von dem Gelübde der Ehelosigkeit. „Wird ein Christ, sagte er, die Kraft hiezu in sich verspüren, so wird er das thun freiwillig und bedarf des Gelübdes nicht. Sollte er aber doch durch ein Gelübde sich binden, so wird es in der eben beschriebenen Weise geschehen, oder in einer andern, welche sie der Geist ihres Glaubens lehren wird, nämlich so, daß sie nicht das Taufgelübde besser machen wollen, sondern dieses zum Quelle haben, aus dem sie alles Gute nehmen. Was nicht aus solchem Glauben kommt, ist Sünde, und wenn Einer selbst engelische Keuschheit gelobte, daher es besser wäre, wenn man allein an das Taufgelübde sich hielte."

Er ging dann über zu dem Gelübde des Klosterlebens. „Ja, sprach er, ich lobe mir die Klöster, die vor Zeiten üblich waren, daß man Gott dort mit freiem Willen diente und sein Gewissen nicht mit ewigen Banden fesselte. Denn Christen sind die Freiwilligen, die an keinen Stand, Geberde, Zeit oder Stätte gebunden sind, denen Alles frei ist. Aber diese Stockmeister des Antichrist wollen nicht allein wider die christliche Freiheit und den Willen der gefangenen Gewissen ihre Ordensgenossen zwingen, unehelich zu bleiben, sondern auch Andern ihr Joch des ewigen Klostergelübdes auflegen. So war es vor Zeiten nicht, sondern man hat in christlicher Freiheit in denselben keusch gelebt, so lange es einem jeden möglich war, und solche Klöster sind noch vorhanden, ich könnte über zwanzig nennen. Ich lobe sie aus dem Spruche Pauli 1 Cor. 7: Es ist besser freien, als brennen, was allen Menschen gesagt ist. Denn nach Matth. 19, 11. 12 ist die Gabe der Ehelosigkeit eine besondere Gabe. Hieran knüpfte er nun eine lebendige Schilderung der Sünden und Verbrechen, die sich aus diesem Zwange erzeugten und bezeichnete dann das Verhalten, welches eine von Gewissensbissen gepeinigte Seele hierin zu beobachten hätte. Er stellte das Wort des Apostels als Norm der Entscheidung hin: Man muß Gott mehr gehorchen, als den Menschen. Darum rieth er geradezu, aus dem Kloster zu gehen, und dem Abte oder Guardian, der dies hindern wolle, zu erklären: eher will ich gegen dich und alle Welt sündigen, als wider Gott, denn Keiner fährt für mich gen Himmel oder Hölle. Er forderte darum die Beichtväter in den Klöstern ernstlich auf, den armen Gewissen in solchen Nöthen freundlich zu Hilfe zu kommen und sie nicht in ihrer Bangigkeit rathlos stehen zu lassen. Diejenigen hingegen, welche solche freundliche Berather nicht fänden, sollten getrost sich nach Gottes Wort allein richten und um menschliche Vorurtheile sich nicht kümmern.

Er beleuchtete dann überhaupt die Lehre, welche bisher im Schwange ging und sprach ernste Worte für die Mitglieder der Universität. Die bisherige Weise habe mehr zum Verderben als zur Rettung der Seelen gedient. Ich wollte, sagte er zu ihnen, daß die Schulgelehrten zu Wien Gottesgelehrten würden. Aber das wollt ihr nicht haben, und mit Recht, denn ihr seid es nicht und wollt es auch nicht werden. Ihr wißt nicht, was Christus ist und könnet ihn aus eurer Kunst nicht finden. Zu Christo führt allein der Glaube. Er ist ja das feste Vertrauen durch Christi Wort zu Gott, daß er uns alle in dem Heilande die Sünde vergebe. So ich das glaube, so ist keine Sünde mehr vorhanden, die schaden könnte, weil die Sünde alle Kraft durch den Glauben verliert. Das Gesetz war eine Kraft der Sünde, aber jetzt ist der Glaube eine Kraft der Gerechtigkeit, ja die Gerechtigkeit und ein Tod der Sünde, in welchem uns, Gott sei Dank, der Sieg wider die Sünde durch Jesum Christum gegeben ist. An diesen Glauben ist das Gelübde der Taufe gebunden, und nicht an sonderliche Werke oder Stätte oder Zeit. Ja freilich in Allem zu allen Zeiten und an allen Orten soll ein Christ gute Werke thun und thut sie auch, so er anders ein rechter Christ ist. Böse Werke aber kann er nur thun, wenn er im Glauben schwächer wird und abnimmt. Weil aber nichts desto weniger jeder rechte Christ ein Sünder ist und bleibt, so müssen nicht allein gute Werke aus dem Glauben sein, sondern es muß auch etliche Sünde nicht für Sünde um des Glaubens willen von Gott gerechnet werden.

So sprach der eifrige Lehrer in der Kraft seiner Ueberzeugung und in dem Bewußtsein, damit in tausend Herzen den zündenden Funken für lange bereit liegenden Brennstoff zu werfen. Die Predigt machte tiefen Eindruck, und die im hohen Dome gehörte Rede verbreitete sich in der großen Stadt, an dem Sitze des römischen Königs Ferdinand, welcher damals der Hauptschützer des Papstthums war: und dies Wort kam aus dem Munde eines Lehrers derselben Universität, welche sich damals anschickte, in die vorderste Reihe der Kämpfer für das Papstthum einzutreten. Grimmiger Zorn erfüllte seine Gegner. Solcher gewaltigen Rede und Strafe hatten sie sich nicht versehen. Er selbst erkannte das Gewicht seiner Worte in solcher Versammlung. Es schreckt mich, sagt er, auch das große Gewürm und Geschwärm der Kappen und Platten nicht ab, die ich damit, wie ich wohl wußte, erzürnen mußte. Allein ich dachte, es ist besser gelitten, wenn es immer sei, als zu der Zeit zu schweigen, in welcher man gegen die Wahrheit mit so öffentlichem Trotze frevelte. Sofort reifte ihr Entschluß, ihn unschädlich zu machen. Sie formulirten aus dem Gehörten acht Sätze, welche sie als verdammlich hinstellten. Ohne ihm seine Predigt abzufordern, ohne ihn über seine Grundlehren zu befragen, ohne ihm eine Widerrede zu gestatten, ward das Urtheil über ihn gefällt. Die theol. Fakultät ließ vor Notar und Zeugen seine vernommene Predigt untersuchen und in Uebereinstimmung mit dem Official ward beschlossen, er sei bei Strafe des Bannes vor die Fakultät zur Verantwortung zu zitiren. Seine Wirksamkeit ward ihm so abgeschnitten, und nach dem Berichte von Wetzel (Historische Lebensbeschreibung der berühmtesten Liederdichter) ward er in das Gefängniß geworfen, das in einem finstern Loche hinter St. Stephan sich befand, wo er einige Zeit zubrachte und den freundlichen Trost vieler redlichen Seelen fand, die sich an seiner Glaubensfreudigkeit erbauten, und andrerseits durch ihre Liebe zum Worte Gottes und ihr freudiges Bekenntniß zu der Lehre des Gefangenen ihm Trost und Erquickung waren. So erzählt auch Polycarp Lyser, welchem etliche Evangelische zu Wien, die ihn besucht hatten, dieses Gefängniß zeigten. Es empörte seine Seele am meisten, daß eben die hohen Schulen, welche den Beruf hatten, die Leuchten der Wahrheit für das Land zu sein, so tief selbst in Finsterniß gefallen waren. Er betrachtete es als eines der größten Meisterstücke des Satans, daß er es dahin gebracht hatte. Wo die Papisten, sagt er, eines Fingers lang lügen, da müssen die hohen Schulen eine Elle lang lügen, und wo die Papisten einmal narren, da müssen die hohen Schulen zehnmal narren. Sie narren wahrlich gar zu grob, daß der Teufel wohl zu ihnen sprechen konnte: Ihr Eselsköpfe, könnt ihr nicht anders narren? Ich versah mich, ihr wolltet höflich narren, damit man das Wort Gottes für Narrenwerk halte, aber ihr macht das Widerspiel, so daß ich nun einen großen Theil nicht mehr betrügen kann.

Bei alle dem wollte er doch den Weg der Güte und Versöhnlichkeit gehen. Er schrieb ihnen öfters freundlich und versuchte es auch später, nachdem er dem Gefängniß wieder entgangen war, sie möchten doch die Gründe seines Irrthums angeben, und das, worin er gefehlt habe, ihm benennen, so wie zugleich aus der Schrift dasselbe wiederlegen. Er sei gern zum Widerrufe bereit, wenn man ihm nur diesen Schriftbeweis liefern wolle. Allein sie ließen sich durchaus nicht dazu bewegen. Nicht einmal die Anklagepunkte konnte er erfahren. Sie hatten weiter keine Absicht, als seinen Mund zu stopfen, auf Erläuterung der Wahrheit kam ihnen nichts an, noch weniger auf Beruhigung eines Gewissens. Am schlagendsten beleuchteten sie dadurch die Schändlichkeit ihres Thuns, daß sie einmal dem Gefangenen auf solche Bitte schrieben, er solle ihnen zuerst seine Predigt schicken, so wollten sie untersuchen, was Irriges darin wäre und dann weiter mit ihm verhandeln. Zuvor aber hatten sie sich aus eigenem Ermessen einige Artikel von ihm zusammengesetzt, sie verdammt, ihn mit dem Banne belegt und ihn dann gefänglich eingezogen. Erst später, als er in Iglau weilte, wurden ihm durch einen Freund ohne Willen und Wissen seiner Gegner diese Artikel zugesandt. Auch damals noch erschien ihm diese Sache so wichtig, daß er eine Beleuchtung derselben von Wittenberg im März 1524 schrieb, aus der wir das Meiste in der bisherigen Erzählung geschöpft haben. Trutz sei ihnen geboten, schreibt er, daß sie uns den kleinsten Buchstaben oder ein Tüttel in der Schrift umstoßen, es müßte eher Alles zu Trümmern gehen: denn Gott hat mit seinen Auserwählten einen Salzbund gemacht; seine Werke sind unwandelbar. Wien und Ingolstadt, Mutter und Tochter, es ist jene eine Hure, wie diese, welche alle den Ehebruch des Unglaubens anrichten und alle reinen Bräute nach ihrem Willen zwingen wollen. So ist die Art dieses ganzen Geschlechtes, aller hohen Schulen zu unsern Zeiten, da noch keine ist, die das Wort Gottes lauter und rein angenommen hätte.

Die Artikel nun, welche seine Gegner seiner Verdammung zu Grund gelegt hatten, waren folgende: „Zum ersten hat Doctor Paulus von den Castraten, zu deutsch Verschnittenen gesagt." Die Artikel waren lateinisch verabfaßt, allein so schlecht, daß Speratus sagt, er fürchtete, wenn er sie lateinisch mittheilte, es würde Allen dabei übel. So schlimm stand es also auch zu Wien damals mit der lateinischen Sprache, welche nach dem Muster der Scholastiker gehandhabt wurde, während Speratus an der neueren humanistischen Bildung Theil nahm. Diese Bezeichnung nun als Castrate hatte die Theologen geärgert. Wollen sie nun nicht beschnitten heißen, sagt er, nun so sind sie unbeschnittene Menschen, welche vor der Welt ihre Worte höflich beschneiden, aber in den Zimmern geht es zu, wie im ärgsten offenen Haus, da ist Gott weder auf den Lippen noch in den Nieren der heiligen Väter. Daß sie geloben, sie wollen verschnitten sein und Keuschheit halten, geschieht nicht wegen des Himmelreichs, sondern der Geiz macht es, das volle und faule Leben, welches sie dadurch erlangen wollen. Wäre es um des Himmelreichs willen, so würden sie das Himmelreich nicht verfolgen.

Im zweiten Artikel greifen sie seine Aeußerung an, daß die Klosterleute die Natur verkehrten — Speratus bezeichnet

diese Fassung als Lüge. Er habe nur gesagt: Es ist tausend=
mal besser, frisch und unverzagt aus dem Kloster gesprungen,
göttlich zu der Ehe gegriffen, Gott mehr gefürchtet, als des
Menschen Gebot, als teuflisch im Kloster gesündiget. Denn es
fängt in den Klöstern an, ich weiß nicht was, davon nicht zu
reden ist, womit ihr Gelübde der Keuschheit viel schändlicher
zerbrochen wird. Das waren meine Worte, und ich weiß, daß sie
noch zu Wien in Vieler Herzen klingen. Euren Ohren gehet es
wie den Spinnen. Was sie in sich fassen, wird zu Gift, ob es
schon lauter Honigsaft ist. Aber freilich, wenn ich auch so ge=
sagt hätte, so hätte ich nur die lautere Wahrheit gesagt. Man
will in diesen Dingen zuweilen gar zu höflich sein und bedenkt
nicht, was für Schaden herauskommt. So sagt die Schrift
Alles dürr und trocken heraus; aber den unkeuschen Keuschen
ist das ärgerlich. Wir sollten aber uns und unsere Kinder ge=
wöhnen, daß wir mit gesundem Gemüth von allerlei Gebrech=
lichkeit unserer Natur reden und hören könnten, wo es die Noth
erfordert, darin zu handeln. Es müßte ja nur ein Schalk sein,
der leichtfertig dann reden wollte. So aber lernen wir nichts,
als gleißen und beschönigen. Wenn der Unflath aus dem Her=
zen wäre, so würde er sich darnach wohl aus den Augen und
Ohren machen und aus allen Gliedern. Das Herz ist das
Sündenhaus, aus ihm kommt, was den Menschen unrein macht.

Im dritten Artikel beschwerten sie sich, daß er die Klöster
lobte, in denen die Klosterleute, wenn sie wollten, zur Ehe grei=
fen konnten.

Speratus sagt: Das müssen gottlose Buben sein, welche
dies verdammen können, was Gott selber lobt und vor Zeiten
aller Welt gefallen hat. Sollte ich gesagt haben: ich lobe die
Klöster, darin man die Stadtformen erhält, vor denen Niemand
sicher ist, die Frauenklöster, die manchmal ärger sind als offene
Häuser? Ich lobe das Wesen, welches unter dem Schein der
Geistlichkeit in aller Wahl fleischlichen Vorwitzes lebt? Das
hätte euch gefallen.

Im vierten Artikel griffen sie seinen Grundgedanken an: Das
Klostergelübde thut nichts zum Taufgelübde hinzu, als daß es
ihm eine Ehre ist.

Speratus antwortet: Das ist christlich und recht gesagt,
ihr verdammt es als unchristlich und unrecht. Ist euer Ge=
lübde der Keuschheit aus dem Glauben, so wird es nicht aus
sich selbst gerecht sein, sondern aus dem Glauben, aus welchem

der Mensch gerecht werden muß, ehe er irgend ein gutes Werk thun mag, was selbst die Universität Ingolstadt im ersten Artikel wider Arsacius zugibt. Erheben sie es aber über das Taufgelübde, so ist es aus der Lehre des Teufels. Darum ist all ihr Klosterleben nichts als lauter Sünde und Lästerung der göttlichen Ehre.

Im fünften Artikel verdammen sie den Ausdruck: es könne keine Sünde bei dem Glauben bestehen.

Speratus erwiedert, das sei nicht genau sein Ausspruch gewesen, allein auch so gefaßt sei es ein christliches Wort. Denn der Apostel Paulus sagt dasselbe Röm. 7, 22. 23 u. B. 18; nämlich daß die Gerechtigkeit im Geiste bestehet und neben diesem keine Sünde. Der Glaube ist das Licht, die Sünde die Finsterniß, beide können nicht in Einem Geiste bestehen; bestehet die Sünde darin, so muß der Glaube fallen und umgekehrt. Diesem Geiste hängt wohl das Fleisch noch an, das voller Sünde ist; aber was geht das den Geist und inwendigen Menschen an? Und auch diese Sünden bestehen nicht, Röm. 8, 1. 2; sie dürfen nicht angerechnet werden. So ich glaube, so ist keine Sünde mehr vorhanden, die mir schaden könnte, weil sie alle ihre Kraft durch den Glauben verliert. Bei dem Glauben der Sophisten freilich können allerlei Sünden wohl bestehen; ja, er eben ist der rechte Grund aller Sünden; denn sie achten Christum nicht für den, der allein für alle Sünden genug gethan hat, sondern er sei nur gekommen, damit er lehrte, wie sie selbst durch eigne Werke ihre Sünde büßten und gerecht werden. So führt ein Blinder den andern. O Jammer über Jammer!

Im sechsten Artikel sagten sie, er habe zum Hohn der Klöster gesagt: Kümmere dich nichts um deinen Guardian oder Prior, wenn die Versuchung des Fleisches in dich kommt, sondern springe heraus aus deinem Kloster.

Speratus rügt hier zuerst die Verdrehung seiner Worte. Er sage mit der Schrift, die sündige Lust kommt nicht in uns, sondern ist von Adam aus in uns, ist unsre Natur, Jac. 1, 14; Matth. 15, 19. Wenn wir beten: Führe uns nicht in Versuchung! so heißt das so viel: O Herr, wir stecken voll böser Lüste, laß sie uns nicht überwältigen! Wäre nun unsre Natur an ihr selbst unschuldig, so könnte uns Niemand versuchen. Also ist die böse Natur eigentlich ihr eigner Versucher, die nur an Anderen Ursache nimmt, damit sie sich selbst versuchen möge.

Von der Versuchung selbst habe ich nicht gesprochen, denn auch die, welche das Wort Christi wohl fassen: es sei besser, ledig bleiben, müssen Versuchung dulden; sonst hieße es nicht: sie verschneiden sich selbst für das Himmelreich; aber sie wird durch Gottes Gabe überwunden, daß man nicht dadurch zu Falle kommt; ich redete nur von der Versuchung, die Einer nicht überwinden kann oder will. Da soll man sich an Niemand kehren, und will man sie versperren, so sollen sie mehr auf Gott achten, als auf Menschen, und nur an das Wort Gottes appelliren.

Im siebenten Artikel bezüchtigten sie ihn, er habe lutherische Lehre gepredigt.

Speratus sagt: Hättet ihr eine solche Lehre entdeckt, so würdet ihr sie als Hauptartikel gesetzt und mich zehnmal als Ketzer verdammt haben. Aber ihr nennet keinen, weil ihr keinen wißt.

Im achten Artikel grollen sie ihm, daß er gesagt hatte: es wäre besser, du hießest Gottesgelehrter, als Schulgelehrter.

Speratus findet es lächerlich, daraus eine Sünde zu machen. Aber zu diesem Titel verdienen sie noch den, daß sie allewege verstockte Sünder heißen müssen, Augen haben und nicht sehen, Ohren haben und nicht hören, noch verstehen.

Auch in Betreff einer Hinneigung zur Lehre Carlstadt's hatten sie ihn beschuldigt. Er aber erklärte, diese ginge ihn gar nichts an: Christum habe ich gepredigt und sonst Niemanden. Den habt ihr verfolgen wollen. Bessert ihr euch nicht, so muß ich es geschehen lassen; doch hoffe ich, wenn man euch aus diesen Früchten erkennen wird, sollt ihr hinfort desto weniger in der Kirche schaden. Wollt ihr gottlos sein, so mögt ihr es allein sein; aber der Welt offenbaret, wer ihr seid, damit, wenn auch nicht Allen, doch Etlichen (was Gott wolle) gerathen werde, wiewohl wir auch dadurch Christo gewinnen möchten.

So schrieb Speratus zwei Jahre darauf aus Wittenberg. Er war damals längst seinem Gefängnisse entronnen, aber seine Liebe und Theilnahme zog ihn noch zu den Gläubigen in Wien. Er stand noch mit ihnen in Geistesgemeinschaft; und unterdessen hatte der von ihm gestreute Samen auch edle Früchte getragen. Sie reiften in der Sonnenglut schwerer Verfolgung. Um die Gediegenheit seines Wirkens zu verstehen, müssen wir auch darauf unsern Blick wenden.

Viertes Kapitel.
Die Glaubensverfolgung in Wien.

> „Wohl her, sprechen sie, laßt uns sie ausrotten, daß sie kein Volk seien, daß des Namens Israels nicht mehr gedacht werde; denn sie haben sich mit einander vereinigt und einen Bund wider dich gemacht."
> Ps. 83, 5. 6.

Großen Eindruck hatte die Predigt des Speratus in Wien gemacht; Vieler Herzen fielen ihm zu. In seinem Kerker fanden sich zahlreiche Gläubige ein, welche sich seiner Bande nicht schämten und die ihnen selbst drohenden Gefahren nicht scheuten. Selbst im Jahre 1524, als die schwere Prüfung der Verfolgung Viele abschreckte, konnte Speratus noch schreiben: "Wie viele Hundert, meinst du, sind Einwohner zu Wien, welche das Wort Gottes nur heimlich stehlen müssen. Ach Gott, lasse es Dich erbarmen, gieb, daß es einmal besser werde. Siehe die Ehre Deines allerheiligsten Namens an. Erhöre uns, die wir täglich bitten: Geheiliget werde Dein Name!" In freudigem Sehnen blickt er einer schöneren besseren Zeit entgegen, die freilich auch jetzt noch in weiter Ferne liegt. Er sagt: Nun es wird und muß besser werden; denn Gott macht ja ihre Schande von Tag zu Tag selbst vor ihrer Freunde Augen offenbar. Es wird die schändlichen Stücke hintennach Niemand achten, man wird sie noch anspeien und verfluchen. Der ist stärker, deß Wort wir haben, worauf wir billig trotzen mögen. Es ist ein gutes Zeichen an uns, daß wir auf das Wort Gottes trotzen, die Papisten aber fliehen die Schrift, wie der Teufel das Kreuz, und sehen doch, daß sie sich mit ihrer Menschenlehre nicht schützen können, sondern müssen Fürsten und Herren anrufen, als ob der Heilige Geist nicht wüßte, wie er sie beschützen sollte. Wie sagt aber Christus Joh. 18, 36? Daraus ist offenbar: welche mit dem Schwert daran wollen, sind Diener des Widerchrist. Dieser aber hat nichts, als was er mit seinem Betrug und Gewalt und dem Schwerte seiner Fischschuppen erhält. Aber es ist ein Größerer mit uns, als mit ihm. Mit ihm ist sein fleischlicher Arm, mit uns ist Gott, der uns helfen und unsern Streit führen will. Amen.

An die weltliche Macht wandten sich die Feinde des Evangeliums in Oesterreich. Sie fanden an dem damaligen römischen Könige Ferdinand ein williges Werkzeug. Schon hatte er in dem neu erworbenen Herzogthum Würtemberg ein strenges Mandat gegen die Anhänger Luthers erlassen; nicht minder trat er auch in seinen Erblanden mit besonderer Schärfe gegen alle diejenigen auf, welche sich die Verbreitung der Schriften und Lehren Luthers angelegen sein ließen. Am 12. März 1523 wendete er sich an sein Land mit einem Edikte, worin er klagt, daß Luthers und seiner Nachfolger Schriften gegen päpstliche Deklaration und kaiserliches Edikt in seinen Landen umhergeführt, verkauft, gelesen und ausgebreitet würden, und bei schwerer Strafe den Verkauf und Druck solcher Bücher verbietet, den Mautherren strenge Achtsamkeit auf die Einführung derselben anbefiehlt, und die Amtleute bei nachsichtiger Handhabung dieses Befehls mit strenger Züchtigung bedroht. Solchen Befehl ließ er um so mehr ergehen, als er die sonderbarste Vorstellung von Luther hatte. Man hatte ihm nämlich gesagt, Luther ginge nicht wie ein Geistlicher, sondern als Kriegsmann einher, er bringe seine Zeit mit Saufen, Spielen und noch schlimmeren Soldatenbräuchen zu und spiele am Hofe eine merkwürdige Rolle. Ferdinand war dieser Bericht so wichtig, daß er deshalb im Jahre 1523 einen eigenen Abgesandten nach Wittenberg abschickte, um Luther zu beobachten, worüber derselbe sich nicht wenig ergötzte.

Völlig konnten auch diese Gewaltschritte den Gang des Evangeliums nicht hemmen. So besitzen wir eine Erklärung von einem Schulmeister in Linz, Namens Leonhard Eleutherobius, welcher schon im Jahre 1523 bei der Einrichtung des evangelischen Gottesdienstes in der Stadt Elbogen, die durch den Eifer der mit dem Staufen'schen Hause verwandten Grafen Schlick Statt fand, sich betheiligte. Er gab eine Schrift Bugenhagen's 1524 mit einer lesenswerthen Vorrede an alle Geistliche zu Linz, Mönche und Pfaffen, auch andre Schwestern und Brüdern in deutscher Uebersetzung heraus, in welcher er seine Freude bezeugt, daß nach so langen Jahren des Hungers wieder die kräftige Speise des Wortes Gottes den Seelen geboten werde. Aber leider gingen Viele, namentlich unter den Geistlichen, unbekümmert darum hin. Sie wollen diese saftigen Brosamlein, ja das Himmelsbrod selbst nicht schmecken, sondern viel lieber in dem hungrigen Wesen bleiben, schmacklose und ungesalzene Dinge dafür essen, kurz, ihnen selbst nicht helfen, noch sich helfen lassen. Wer aber an diesem Hunger stirbt, der stirbt ewig. Es gibt solcher blinden Führer, die schreien auf der

Kanzel, Maria, die gebenedeite Mutter Gottes, sei mehr als das göttliche Wort. Man sagt dies an den Frauentagen, damit die Stunde der Predigt voll werde, denn man studirt nicht gern. Aber hütet euch, die Wahrheit zu unterdrücken und mit viel Geschrei bei dem einfältigen Volk zu dämpfen, denn die Wahrheit ist jetzt klarer, als die Sonne am Tage, und es ist eine Sünde wider den Heiligen Geist, diese Wahrheit zu dämpfen. Wir müssen bei Gottes Worten und Geboten stehen bleiben; woran zu hangen mir und euch der ewige Gott helfe. So schrieb der wackere Schulmeister am Sonntag Quasimodogeniti. Seine Worte mögen im Gedächtnisse bleiben, denn es ist das erste gedruckte Bekenntniß eines evangelischen Oesterreichers.

Doch bekannter ist der Name eines Andern geworden, sein Geschick hängt mit jenen berühmten Resultaten der Regensburger Conferenz zusammen, welche Anfangs Juli 1524 gehalten wurde. König Ferdinand, der mit Schrecken in Nürnberg wahrgenommen hatte, daß über 30 seiner Hofbediensteten daselbst bei den Augustinern sich das heil. Abendmahl unter beiden Gestalten hatten reichen lassen, war über die der alten Lehre drohende Gefahr erschrocken. Er unterstützte lebhaft die Mahnung des klugen Cardinals Campeggi, gemeinschaftliche Anstalten zu treffen, damit die ketzerische Lehre ausgerottet und der Ordnung der christlichen Kirche gelebt werde. Einer der Beschlüsse dieser für Deutschland so verhängnißvollen Conferenz war, es sollten bestimmte taugliche Leute in jedem Lande ernannt werden, welche Alles fleißig durchforschen und die Beamten in den einzelnen Orten ernstlich unterstützen sollten. Die Schuldigen seien zu verhaften und nach Gebühr zu strafen. Die aus dem Lande deshalb Verwiesenen sollten nirgends eine Zufluchtsstätte finden, so weit ihr Gebiet reiche.

Sobald König Ferdinand nach Wien zurückgekehrt war, wohin ihn der Cardinal selbst begleitete, setzte er eine Commission von 12 Männern, an welcher auch der Ceremoniarius des Cardinals Theil nahm, als Inquisitionsgericht nieder. Den Vorsitz führte der Bischof von Wien, Johannes de Revellis, in seinem Namen hatte der Dr. juris, Ulrich Kaufmann, das Richteramt zu verwalten. Als Assessoren waren noch der einflußreiche Beichtvater des Königs, Dr. Johann Faber, der Dekan der theologischen Fakultät Krauecker, der Karmeliten-Prior, der Franziskaner Dr. Joh. Camers, der gegen Speratus schrieb, und die Augustiner Kräler, Kälber und Klein, endlich der Dekan der Stephanskirche und der Kanzler des Bischofs. Von diesen Männern hatte man das Schlimmste zu fürchten. Johann Eckenberger, Prediger der Regimentsherren, entzog sich eilig der Gefahr. Die übrigen, welche als Vertreter der lutherischen Lehre galten, blieben. Unter ihnen ragte Caspar Tauber, ein angesehener Bürger der Stadt, hervor. Die Geschichte seines Märtyrerthums bleibt ein unvergängliches Ehrendenkmal der evangelischen Kirche.

Dieser wurde zuerst vor das Inquisitions-Gericht geladen. Niemand hatte bisher ihn trotz seiner großen Freimüthigkeit und seines entschiedenen Bekenntnisses anzutasten gewagt. Sein Wort galt viel in der Gemeinde. Durch Reichthum und geistige Ueberlegenheit hatte er sich diesen hohen Einfluß gesichert. Er lebte in den glücklichsten bürgerlichen Verhältnissen, zur Seite stand ihm ein treues Weib und liebenswürdige Kinder. Doch das Alles achtete er für Koth, auf daß ihm nur Christus bleibe, und ihn nichts vom göttlichen Worte scheide. Die Commission hielt nun zunächst mehrfache Besprechungen mit ihm, um ihn des Irrthums zu überführen. Allein Tauber war in der Heiligen Schrift so wohl bewandert, daß er sie in der schlagendsten Weise zu widerlegen vermochte. Eine andere Autorität erkannte er nicht an. Hierüber wurden die vornehmen Theologen erbittert, setzten sich über ihn zu Gericht, und erkannten (wie sie sagten) „nach angerufenem Namen Christi, auch allein Gott und seine Gerechtigkeit vor Augen habend", daß er seine Lehrsätze in der Stephanskirche vor der ganzen Gemeinde widerrufen und drei Sonntage lang vor der Kirchenthüre im Bußgewande, einen Strick um den Hals, barfuß und unverhüllt, mit einer brennenden Kerze in der Hand stehen, und jeden Freitag zuvor bei Wasser und Brod fasten und drei arme Personen speisen müßte. Hierauf sollte ein einjähriges Gefängniß folgen und er sein Lebenlang mit einem Kreuze gebrandmarkt werden. Tauber erschrak vor der furchtbaren Härte dieses Gerichtes, das den sichern Tod für den Beharrenden in Aussicht stellte, und unterschrieb den ihm vorgelegten Widerruf, freilich mit Bedingungen, welche er einem Widerspruche gleich achtete; allein in ihrer Freude beachtete dies die Commission gar nicht. Man wollte den hohen Festtag der Geburt Mariä, den 8. September 1524, mit diesem Widerrufe krönen. Allein wie bitter sollte diese Erwartung enttäuscht werden!

Der hohe Festtag erschien; er wurde auf den freien Platz

vor St. Stephan gebracht. Dort war ein Katheder für ihn, eine andere Kanzel für den Chormeister angebracht. Eine zahllose Menschenmasse hatte sich eingefunden, um ein nie gesehenes Schauspiel zu sehen; viele Freunde des Evangeliums mochten darunter sein, welche um des Geistes Kraft für den Ermattenden beteten. Im Herzen Taubers war der freudige Geist wiedergekehrt, er hatte seine Schwäche bereut, er wollte mit voller Zuversicht ein Bekenntniß von der erkannten Wahrheit ablegen. Es beginnt das Cerimoniell; man legt ihm die Widerrufsformel vor, alles ist in Spannung, das Bekenntniß des Reuigen zu vernehmen. Da hebt er an vor dem ganzen Volke von der Ungerechtigkeit seiner Richter zu zeugen; berichtet von seinem Verhör, wie ihm seine Richter auch nicht einen Irrthum aus der Heiligen Schrift nachgewiesen hätten, erklärt, daß er nun und nimmermehr die erkannte Wahrheit verlassen werde, und appellirt feierlichst zwei Mal an das heil. römische Reich. Solche Rede konnte er nur unter steigendem Widerspruch des Chormeisters halten, doch seine Freudigkeit überwand alles Widersprechen; immer lauter bezeugte er sein Bekenntniß, bis ihn endlich die Gerichtsdiener von der Kanzel herabrissen und in's Gefängniß schleppten. Sein Loos war nun entschieden. Man eilte mit ihm zum Tode. Schon am 10. September brachte man ihn in das Augustiner-Kloster. Dort wurde die neue Gerichtssitzung gehalten. Ein Prokurator klagte ihn als Ketzer an, ein Verhör und eine Verantwortung fand nicht Statt; der Official verlas die lateinische Sentenz. Weder Tauber noch die anwesenden Mitglieder des Wiener Rathes verstanden sie. Dann übernahm ihn der Stadtrichter, legte ihn in Banden und führte ihn in's Schergenhaus. Als er dort eintrat, redete er die Umstehenden also an: Ihr lieben Brüder und Kaufleute, schreibt's in alle Lande, daß man mit dem Caspar Tauber so unchristlich handelt und an ihm eine so gar unredliche That begeht. Damit gesegne euch Gott. Noch einmal machten die Patres den Versuch, ihn zum Wanken im Glauben zu bringen; sie glaubten, die schrecklichen Vorgänge dieses Tages müßten vernichtend auf ihn einwirken. Allein die Gnade Gottes war mit ihm. Er war nur fester und kräftiger im Glauben geworden.

Er bedurfte solche Festigkeit, denn schon der 17. September wurde sein Todestag. Es gehörte der ganze Mannesmuth eines Christen dazu, um mit so freudigem Herzen Weib und Kind

zu verlassen und in des Todes Nacht einzutreten. Am frühen
Morgen jenes Tages, der ein beständiges Schanddenkmal für
die katholische Kirche Oesterreichs bleiben wird, setzten sie den
edlen Märtyrer auf einen Wagen, darauf mit ihm ein Henker
und Pfarrer saß, und fuhren ihn in aller Stille hinter der
Stadtmauer zum Stubenthor hinaus auf den sogenannten Gries.
Nur etwa 100 Menschen waren zugegen, welche mit Thränen
den treuen Zeugen zum Tode begleiteten. Er wandte sich an
sie, mochte er doch manchen christlichen Bruder darunter sehen,
mit der Bitte, sie möchten denen, welche an seinem Tode schuld
wäre, nicht gehässig sein, denn also habe es Gott gefallen. Dann
fragte ihn der Pfarrer, ob er nicht noch beichten wolle. Er
antwortete: Stehet mein müssig, schaffet eure Sache; ich habe
Gott, meinem himmlischen Vater, gebeichtet. Jener drang in
ihn, er solle doch seine Seele versorgen. Da sprach der Mär=
tyrer mit getroster Zuversicht: Meine Seele habe ich schon ver=
sorget; und wenn ich noch 80,000 Seelen hätte, so wären sie
heute alle durch diesen meinen Glauben zu Gott versorget. Sein
Auge wendete sich jetzt leuchtend aufwärts zu dem HErrn, zu dem
er eilte, und sein Mund sprach: O HErr Jesu Christe, der du
um unsertwillen gestorben bist, ich sage dir Dank, daß du mich
Unwürdigen erwählet und würdig geachtet hast, um deines gött=
lichen Wortes willen zu sterben. Dann trat er vor und machte
mit seinem rechten Fuß auf die Erde ein Kreuz, kniete hierauf
fröhlich nieder, erhob seine Augen gen Himmel und betete drei=
mal: HErr Jesu Christe, in deine Hände befehle ich meinen
Geist. Der Henker trat hinzu und schlug ihm das Haupt ab.
Sein Körper wurde auf einem Scheiterhaufen verbrannt, doch
einst am Tage der seligen Auferstehung wird er leuchten nicht
in des Feuers rother Glut, sondern in des Himmels selig strah=
lendem Lichte, und der gerechte Richter hat schon jetzt Rechen=
schaft gefordert von den ungerechten Richtern. So schied der
erste Glaubenszeuge Oesterreichs; sein Gedächtniß aber lebte in
Segen und hat Vielen zur Zeit schwerer Verfolgung als Leucht=
stern gedient, um nicht zu verzagen. Wie mochte Speratus
dem HErrn danken, daß er solche Nachfolger im Glauben ge=
funden hatte. Weniger Muth zeigten die zugleich mit ihm ge=
fänglich eingezogenen Prediger, Jakob Peregrinus, Coope=
rator im Spital, und Hans Väsel, Priester in der Neustadt,
sowie Johann Voysler. Von Väsel sind noch genauere
Nachrichten vorhanden, die beweisen, daß er eine genaue Kennt=

niß der evangelischen Wahrheit besaß, und daß er mit großem Ernste Buße und Glauben predigte. Allein des Todes Grauen vermochte er nicht, wie Tauber, fröhlich in's Angesicht zu sehen. Er zeigte sich in den Verhandlungen zaghaft und schwankend; am letzten September ward über ihn das Urtheil gesprochen. Er mußte in ein Karthäuser Kloster wandern und dort zwei Jahre lang sich kasteien, sein ganzes Leben hindurch ein schwarzes Kleid tragen und jeden Freitag zur Büßung seiner Sünden fasten, endlich aus dem Gebiete der Regensburger Conföderirten wandern. Sollte er in seine Ketzerai zurückfallen, hieß es, so sei er gleich einem verstockten Ketzer zu bestrafen. Das bestimmte das Urtheil, und er selbst mußte gegen Gewissen und Ueberzeugung sprechen: Weil ich aus besonderer Gnade zur Pönitenz zugelassen bin, was ich auch zu Dank annehme, will ich dieselbe mit der Gnade Gottes treulich und billig vollbringen, auch keineswegs obgenannte oder andere Ketzereien hinfort predigen oder sagen, sondern was mich die Heilige Schrift nach Verstand und Auslegung der christlichen Kirche unterrichtet, halten. Wo ich aber dies nicht thäte oder wieder in solchen Irrthum fiele, dann bewillige ich, daß ich für einen verdammten Ketzer ohne weiteren Prozeß gestraft werden möge. So sprach der Mann in der Angst seines Herzens nach. Das Leben war gerettet, die Seele verloren, das Gewissen gepeinigt. Da ging das Wort des HErrn in Erfüllung: Wer seine Seele zu retten sucht, der wird sie verlieren. Sein späteres Geschick ist uns unbekannt.

Solche grausame Verfolgungen mußten freilich bei Menschen, welche noch nicht im Glauben befestigt waren, sondern erst ein Verlangen darnach trugen, vernichtend einwirken. Man jagte die Verdächtigen aus dem Lande, man setzte sie Jahre lang in's Gefängniß, man beobachtete mit strengster Schärfe die Einfuhr der Bücher, man durchsuchte mit argwöhnischem Blicke die Wohnungen aller Angeschuldigten. So konnte der Papist Velius im Jahre 1527 das Verdienst des Königs Ferdinand rühmen, daß er, obgleich er die gefährliche Hyder mit ihren vielen Köpfen noch nicht gänzlich habe ausrotten können, dieselbe doch nach seiner angeborenen Geistesgröße geschwächt, von vielen Orten ihr Eindringen fern gehalten, hie und da auch den bereits eingewurzelten Irrthum völlig getilgt habe.

Doch aller Mahnungen und Strafen ungeachtet ließ sich das, was ein Bedürfniß des geistigen Lebens im Volke war, nicht unterdrücken. Der König erließ 1527 ein neues Mandat, worin er schreibt: es ist am Tage, daß vorbewährte verführerische Lehre an etlichen und vielen Orten nicht allein nicht abgestellt, sondern in stetiger Mehrung gewachsen ist. Es werden hierauf den Ketzern die furchtbarsten Strafen gedroht, z. B. daß er alle Freiheit, die dem Christen gegeben sei, verliere, daß ihm Niemand schuldig sei, Verschreibungen oder Verbündungen zu halten, daß er nichts kaufen oder verkaufen könne, daß er kein Testament aufrichten dürfe, daß er außer Landes zu jagen sei; daß der Anzeiger den dritten Theil der Strafe erhalte. Während nun die Verbreitung der lutherischen Lehre mehr in stiller Weise vor sich ging, drangen die Widertäufer mit fanatischem Eifer in das Land ein. Mit ungemeiner Energie wirkte Dr. Balthasar Hubmeyer aus Friedberg bei Augsburg für die Verbreitung dieser Sekte. Er fand bei dem Herrn Leenhardt von Lichtenstein auf Nicolsburg in Mähren Schutz, wo er eine eigene Druckerei für seine Schriften gründete. Nicolsburg oder Nicopolis bezeichnete er als das rechte Emmaus, wo Christus nun nach der freudenreichen Urständ seines lebendigen Wortes, die zu Wittenberg durch Dr. Luther geschehen sei, einkehren wollte, denn es sahe an Nacht zu werden und kämen an die letzten Tage. Ein gewaltiger Zulauf erfolgte von Seiten der verlangenden Menge; viele Hunderte kauften sich in Mähren auf den Gütern der Edelleute an, welche Religionsfreiheit gestatteten. Ganz Mähren und ein großer Theil Oesterreichs drohte ihnen zuzufallen. Allein als nun König Ferdinand in den Besitz Mährens kam, setzte er die Auslieferung Hubmeyers und seines Weibes durch. Im Jahre 1527 wurden sie in Ketten nach Wien gebracht. Man verhandelte mit ihm, man folterte ihn, man suchte ihn mit Gewalt zum Widerruf zu bringen. Allein das war nicht die rechte Art, einen Mann so festen Charakters zur Abschwörung seiner Meinungen zu bewegen. Er stand fest wie ein Fels, und sein Benehmen bei seinem Tode war ein Beweis von der Thorheit solcher Maßregeln. Luthers so wahres und schönes Wort begriff damals die katholische Kirche noch nicht. Es sollte noch lange dauern, bis dieses so treffliche Wort auch bei den Römischen zum Siege dringen sollte. „Er sagt: Es ist jämmerlich, daß man solche unglückliche Leute so jämmerlich ermordet. Man sollte einen Jeglichen glauben lassen, was er wollte. Glaubt er unrecht, so hat er genug Strafen an dem ewigen Feuer in der

Hölle. Warum will man sie auch noch zeitlich martern? sofern sie nur im Glauben stehen, und nicht daneben aufrührerisch sind oder sonst der Obrigkeit widerstreben. Mit der Schrift und Gottes Wort sollte man ihnen wehren und widerstehen; mit Feuer wird man wenig ausrichten."

Luthers herrliches Wort bewährte sich hier. Hubmeyer bewies den Glauben und die Standhaftigkeit eines Märtyrers. Als man ihn am 10. März 1528 zum Tode führte, tröstete er sich selbst durch die köstlichen Trostsprüche der Schrift. An dem Scheiterhaufen angelangt, der seinem irdischen Leben ein Ziel bringen sollte, kniete er auf einen Klotz nieder, hob seine Augen gen Himmel und betete inbrünstig: O mein gnädiger Gott, verleihe mir Geduld in meiner großen Marter! O mein Vater, ich sage Dir Dank, daß Du mich heute willst nehmen aus diesem Jammerthal. Mit Freuden begehre ich zu sterben und zu Dir zu kommen. O Lamm, o Lamm, das Du hinnimmst die Sünd' der Welt; o mein Gott, in Deine Hände befehle ich meinen Geist! Dann wandte er sich zu dem Volke mit diesen herzlichen und herzbewegenden Worten: O lieben Brüder, ob ich etwa Einen beleidiget hätte mit Worten oder Werken, so wolle er mir durch meinen barmherzigen Gott verzeihen. Ich verzeihe auch allen denen, die je wider mich gehandelt haben. Man zog ihm nun seine Kleider aus. Er ließ es ruhig an sich geschehen und sprach: Dir, mein HErr, sind Deine Kleider auch ausgezogen worden. Ich will gerne dargeben meine Kleider, meinen Leib und Alles; nur behüte meinen Geist und meine Seele, die befehle ich Dir. Man band ihm dann Hände und Füße und setzte ihn auf den Scheiterhaufen. Der Scharfrichter füllte nun seinen langen Bart mit Salpeter und Pulver. Mitleidig lächelnd sagte nun Hubmeyer: O salze mich wohl, o salze mich nur wohl! Dann wandte er sich zum Volke und sprach: O lieben Brüder, bittet Gott, meinen gnädigen Vater, daß er mir Geduld verleihe in meinem Leiden; ich will sterben in meinem christlichen Glauben. Nun zündete man das Feuer an, die Flammen schlugen hell lodernd empor. Da rief er: O mein himmlischer Vater, o mein gnädiger Gott! Als dann die Flamme seinen Bart und sein Haupthaar ergriffen hatte, vernahm man noch den Ruf: O Jesus, Jesus! dann erstickte ihn der Dampf. Man sah, wie der Dekan der Wiener Fakultät, M. Sprugel, selbst erzählt, nur Freude und Verklärung in seinen Zügen, und Viele unter den Zuschauern weinten bittere Zähren. Das sind untilgliche Blutflecke im Kleide der römischen Kirche. Das Blut der Märtyrer schreit um Rache zum Himmel.

Nicht minder stark bewies sich sein treues Weib. Als sie von ihrem Manne Abschied nahm, beschwor sie ihn, daß er bis zum Tode beständig bleibe. Am 13. März brachte man auch sie zum Tode. Man band ihr einen schweren Stein um den Hals und warf sie über die Donaubrücke in's Wasser hinab. Endlich am 24. März verbrannte man noch zwei Anhänger jenes Mannes, einen Schuster und einen Bauern. Sie sangen auf dem Scheiterhaufen mit lauter Stimme: Komm, heiliger Geist, HErre Gott! So handelte man in Oesterreich.

Das sind die furchtbaren Verfolgungen, die sich an jenes erste Bekenntniß unseres Paul Speratus anreihten. Ihm selbst war es noch beschieden, diesen Verfolgungen zu entgehen. Es gelang ihm, man weiß nicht, wie? aus seinem Gefängnisse zu entkommen. Allein in seinem Berufe ward er nicht irre. Es drängte ihn, an anderem Orte das Evangelium zu verkündigen.

Fünftes Kapitel.

Paul Speratus in Ungarn und Mähren.

"Rufe getrost, schone nicht, erhebe deine Stimme wie eine Posaune und verkündige meinem Volk ihr Uebertreten und dem Hause Jakobs ihre Sünde. Jes. 58, 1.

Einen Mann minder entschiedenen Glaubens und geringerer Freudigkeit zum Predigtamte hätten diese betrübenden Erfahrungen von weiterem Predigen wenigstens in jenen Gegenden abgeschreckt, die Sorge für sein Hauswesen hätte seinen Muth gelähmt. So war sein Loos, mit seinem treuen Weibe von einem Orte zum andern zu ziehen. Doch eine höhere Kraft gab den Flügeln immer neuen Aufschwung wieder, wenn sie ermatten wollten. Er fühlte in sich den Beruf, immer weiter nach Osten zu dringen, und wie er in der Hauptstadt Oesterreichs die erste Botschaft von dem Evangelium unsers HErrn Jesu Christi verkündigt hatte, so wollte er nun auch in der Hauptstadt Ungarns der erste Zeuge der Wahrheit sein. Welches Geschick ihm dafür zu Theil würde, dafür ließ er seinen Gott sorgen. Es mochte Anfangs Februar des Jahres 1522 sein, als Spera=

tus in Ofen eintraf. In der kältesten Zeit des Jahres hatte er also weiter ziehen müssen. Damals herrschte in Ungarn, Böhmen und Mähren Ludwig, der letzte Sprößling seines Geschlechtes, der Zögling des später so eifrig entschiedenen Reformationsfreundes Georg von Brandenburg. Derselbe war damals noch jung und unerfahren, leichtgläubig und lenksam. Er wurde von den Feinden Luthers gegen denselben aufgebracht. Wir besitzen einen Brief von ihm an den Kurfürsten von Sachsen aus dem Jahre 1524, worin er denselben zu bestimmen suchte, Luther preiszugeben, „denn, schreibt er, es ist E. L. unverborgen, welch grausamen Irrthum und Ketzerei Martinus Luther einführt, dem heiligen christlichen Glauben und der löblichen Ordnung christlicher Kirche entgegen, auch die Kais. Majestät, dergleichen alle christl. Könige und Fürsten schimpflich und leichtfertig lästert und den Türken erhebt." Bei einem solchen Fürsten konnte er freilich wenig Schutz erwarten.

Es waren damals höchst betrübte Zeiten für Ungarn. Einige Monate zuvor hatte der türkische Kaiser, Suleimann II., der seit October 1520 auf dem türkischen Throne saß, einen siegreichen Einfall in das Land gemacht, am 29. August 1521 hatte sich die Besatzung Belgrads nach zwanzig tapfer abgeschlagenen Stürmen ergeben müssen. Die ganze Mannschaft wurde niedergehauen. Viele feste Orte wurden erobert, ihre Einwohner getödtet, Moslim an ihrer Stelle dorthin verpflanzt. Es war also eine Zeit, darin die Seelen mehr als gewöhnlich Verlangen nach den Tröstungen des Glaubens und eine Sehnsucht nach der gewissen Verheißung des Herrn haben. Speratus konnte viele lernbegierige Zuhörer in jenem Volke voraussetzen. Schon jetzt hätte eine gesegnete Zeit für Ungarn anbrechen können. Allein seine Feinde wußten es zu verhüten. Ungarn stand schon damals in engem Verkehr mit Oesterreich. Ferdinand hatte im Mai 1521 die Schwester des Königs Ludwig geheirathet, und hatte dadurch für den Fall der Kinderlosigkeit Ludwigs Aussicht auf den ungarischen Thron. Zu Weihnachten 1522 verehelichte sich dann der 16jährige Ludwig mit Ferdinands Schwester, jener Maria, welche später sich für das Evangelium entschied, Anhänger Luthers an ihrem Hofe hatte, fleißig Luthers Schriften las und durch ihren Beichtvater Johann Henkel aus Leutschau über die Irrthümer des Papstthumes aufgeklärt worden war und jenes schöne Lied dichtete, das schon vor 1532 bekannt war:

Mag ich Unglück nicht widerstan,
   Muß Ungnad han
Der Welt, für Gott mein recht Glauben:
So weiß ich doch, es ist mein Kunst,
   Gott's Huld und Gunst,
Die muß man mir erlauben.
   Gott ist nicht weit,
   Ein kleine Zeit
   Er sich verbirgt,
   Bis er erwürgt,
Die mich seins Worts berauben.

Nicht, wie ich will, jetzund mein Sach,
   Weil ich bin schwach
Und Gott mich Furcht läßt finden:
So weiß ich, daß kein Gwalt bleibt fest,
   Ist's allerbest,
Das Zeitlich' muß verschwinden,
   Das ewig Gut
   Macht rechten Muth!
   Dabei ich bleib,
   Wag Gut und Leib,
Gott helf mir überwinden.

All Ding ein Weil! ein Sprichwort ist:
   Herr Jesu Christ,
Du wirst mir stehn zur Seiten,
Und sehen auf das Unglück mein,
   Als wär es dein,
Wenn's wider mich wird streiten,
   Muß ich denn dran
   Auf dieser Bahn:
   Welt, wie du willt!
   Gott ist mein Schild,
Der wird mich wohl geleiten.
      Amen.

So war also Speratus kaum zu Ofen angelangt und hatte dort seine Wirksamkeit begonnen, als die Briefe der Wiener Universität eintrafen, welche ihn als Ketzer bezeichneten und seine Verhaftung anriethen. Nicht ganz ohne Frucht blieb indessen diese kurze Wirksamkeit. Denn wir lesen, daß nun der Professor der Akademie, Simon Grynäus, für die Sache der Reformation auftrat und auch das Gefängniß nicht scheute, daß sein Amtsgenosse, Vitus Bingheim, in gleichem Geiste wirkte, bis sie beide in die Verbannung ziehen mußten, daß auch der Stadtpfarrer Johann Cordatus eifrig das Wort Gottes predigte, bis auch ihm gleiches Schicksal zu Theil wurde. Offenbar hatte auf diese Männer Speratus großen Einfluß geübt. Er wurde jedoch bald gefangen genommen und ihm alle seine Schriften, namentlich das Original jener zu Wien gehaltenen Predigt abverlangt. Ein ausdrücklicher Befehl des Königs Ludwig war dazu erwirkt, und der Bischof von Vaz (Waitzen am linken Donauufer, vier Meilen nördlich von Ofen), sowie der Schäpka, dazu der Ban Lazka ließen ihn in das Gefängniß setzen, woselbst er jedoch nur kurze Zeit verweilt zu haben scheint. Man konnte ihm in Ofen selbst keinen Verstoß gegen die dortige Ordnung nachweisen; doch scheint sein Gefängniß hart gewesen zu sein, weil er sagt: ich bin zuletzt auf die Fleischbank gegeben worden. Man gab ihm seine Schriften nicht mehr zurück, so daß er später seine Wiener Predigt aus dem Gedächtnisse niederschreiben mußte, welche er dann zu Königsberg drucken ließ, und seinem Fürsten, Herzog Albrecht zu Preußen, widmete. Es war eine gnädige Durchhilfe Gottes. Noch im Jahre 1524 wurde ein evangelischer Buchhändler, von einem Haufen seiner Bücher umgeben, daselbst verbrannt. Sein Weg war ihm nun gewiesen; weiter nach Osten konnte er nicht dringen in jenem Lande, das damals fast jedes Jahr eine Beute der Türken war. So gedachte er sich jenen Gegenden zuzuwenden, in welchen das Evangelium frei verkündigt werden konnte; allein unterwegs sollte ihm ein neuer Ruf zu Theil werden, der für ihn um so mehr als göttlicher Ruf erscheinen mußte, da er ihn nicht gesucht hatte, ja derselbe nicht einmal in seinem Plane lag. Er reiste auf seinem Rückwege durch Mähren und kam durch die Stadt Iglau, welche am Flüßchen Iglau hart an der böhmischen Gränze liegt und heutzutage etwa 16,000 Einwohner hat. Der Abt des dortigen Klosters, den er besuchte, forderte ihn auf, sich in ihrer Stadt als Prediger bestellen zu lassen. Er that das und war nun also etwa seit März 1522 in Mähren thätig.

Hier konnte er dann als ein in aller Form Rechtens berufener Zeuge Christi das Wort des Heiles verkündigen, und er fand in der That so viele heilsbegierige Seelen, daß bald der größte Theil dieser Stadt für sein Wort gewonnen war und er in großem Ansehen daselbst stand. Es ist dies um so erklärlicher, als in jenen Gegenden das Andenken an Huß und seine Freunde noch treulich bewahrt wurde und viele Gemeindeglieder im Stillen noch der Lehre dieser treuen Zeugen Gottes anhingen. Man freute sich nun, daß die Botschaft des Evangeliums nicht verklungen sei, ja daß das Wort Gottes nun nur noch viel klarer und deutlicher gepredigt wurde. Und Speratus that an seinem Theile Alles, um diese Erkenntniß immer mehr zu wecken und die erweckten Seelen immer tiefer zu gründen. Als ein Zeugniß des Geistes, in welchem er predigte, und der Zuversicht, die ihn beseelte, können wir das Lied betrachten, das nach der Meinung von Cyr. Spangenberg und J. Chr. Olearius von ihm herstammt. (G. Serpilius freilich fand über einem einzelnen Druck auf einem offenen Blatt die Buchstaben A. H. Z. W., jedenfalls aber ist es ganz in seinem Sinn und Geist geschrieben. Es erschien im Klug'schen Gesangbuche, Wittenberg 1535). Es lautet:

O HErre Gott, dein göttlich Wort
  Ist lang verdunkelt blieben,
Bis durch dein' Gnad' uns ist gesagt,
  Was Paulus hat geschrieben
  Und andere Apostel mehr
  Aus dein'm göttlichen Munde:
Das danken dir mit Fleiß, daß wir
  Erleben han die Stunde.

Daß es mit Macht an Tag ist bracht,
  Wie klärlich ist für Augen.
Ach Gott, mein HErr, erbarm dich der,
  Die dich noch jetzt verleugnen
  Und achten sehr auf Menschen Lehr',
  Darin sie doch verderben.
Dein's Wort's Verstand mach ihn'n bekannt,
  Daß sie nicht ewig sterben.

Willt du nun sein gut Christen sein,
  So mußt du erstlich glauben:
Setz dein Vertraun, darauf fest bau,
  Hoffnung und Lieb' im Glauben
  Allein durch Christ zu aller Frist;
  Dein'n Nächsten lieb darneben,
Das G'wissen frei, rein Herz dabei,
  Das kein' Creatur kann geben.

Allein, HErr, du mußt solches thun
  Doch gar aus lauter Gnaden.
Wer sich deß tröst, der ist erlöst
  Und kann ihm Niemand schaden,
  Ob wollten gleich Papst, Kaiser, Reich
  Sie und dein Wort vertreiben,
Ist doch ihr Macht gen dir nichts g'acht,
  Sie werden's wohl lassen bleiben.

Hilf, HErre Gott, in dieser Noth,
  Daß sich die auch bekehren,

Die nichts betracht'n, dein Wort veracht'n,
    Und wollen's auch nicht lehren.
Sie sprechen schlecht, es sei nicht recht,
    Und haben's nie gelesen,
Auch nicht gehört das edle Wort:
    Ist's nicht ein teuflisch Wesen?

Ich glaub' g'wiß gar, daß es sei wahr,
    Was Paulus uns thut schreiben:
Eh muß geschehn, daß All's vergeh,
    Dein göttlich Wort soll bleiben
In Ewigkeit, wär' es auch leid
    Viel hart verstockten Herzen;
Kehr'n sich nicht um, werden sie d'rum
    Leiden gar große Schmerzen.

Gott ist mein HErr, so bin ich der,
    Dem Sterben kommt zu Gute.
Dadurch uns hast aus aller Last
    Erlöst mit deinem Blute:
Das dank ich dir, drum wirst du mir
    Nach deiner Verheißung geben;
Was ich dich bitt, versag mir nit
    Im Tod und auch am Leben.

HErr, ich hoff' je, du werdest die
    In keiner Noth verlassen,
Die dein Wort recht als treue Knecht
    Im Herz und Glauben fassen.
Gibst ihn'n bereit die Seligkeit
    Und läßt sie nicht verderben.
O HErr, durch dich bitt ich, laß mich
    Fröhlich und willig sterben.
        Amen.

So wies er seine Gemeinde auf den Glauben allein an Jesum Christum, so mahnte er sie zu jenem unerschütterlichen Vertrauen, das in Noth und Tod Stand hält, so tröstete er sie durch die Verheißungen des Wortes Gottes wider alle Verfolgungen, so lebte er selbst der getrosten Zuversicht, daß Gottes Wort zwar zeitweise unterdrückt, aber nie auf die Dauer niedergetreten werden könne, daß es sich siegreiche Bahn machen, und wenn Alles vergehe, auf den Ruinen der Vergänglichkeit alles Irdischen triumphiren werde.

Aber auch seinen Feinden gegenüber empfand er, wie dies unser Lied ebenfalls so schön bezeugt, das herzlichste Erbarmen. Es betrübte seine Seele tief, daß sie bei so klarem Scheine des Evangeliums fort und fort den HErrn verleugneten, daß sie es gar nicht der Mühe werth achteten, das Wort Gottes und das Zeugniß der Prediger derselben zu lesen, daß sie kurz mit der Erklärung fertig waren: Die Sache ist nicht recht, wir verdammen sie. Dieses herzliche Erbarmen mit solcher Verstocktheit bewog ihn nun auch in Iglau, sich wiederholt an seine Wiener Gegner zu wenden und sie um eine eingehende Widerlegung aus der Schrift zu bitten. Allein sie beachteten sein Schreiben nicht. „Ich weiß ja wohl," schreibt er im Jahre 1524, „daß ich alle Güte mit den Wienern angewendet habe, ihnen manchmal freundlich zugeschrieben nun in das dritte Jahr vor und nach meiner Gefängniß, habe mich dazu erboten, daß ich, könnten sie mir anzeigen, daß ich geirret hätte, gern widerrufen wollte. Ich habe aber nie nur so viel erlangen können, daß sie mir die Artikel zugesendet hätten." Ein Mal zwar schrieben sie ihm nach Iglau, und verlangten von ihm, er sollte ihnen zuerst seine Predigt zuschicken, die ihm doch König Ludwig hatte abnehmen lassen. Speratus schickte nun diese Antwort sammt seiner aus dem Gedächtniß niedergeschriebenen Predigt an Luther, um sein Urtheil zu vernehmen. Freitag nach Jubilate 1522 antwortete derselbe: Dein Büchlein der Predigt, zu Wien gehalten, haben wir unter unser Gericht und Urtheil kommen lassen, und gefällt uns sehr wohl. Darum uns nicht mißfallen würde, so Du es drucken ließest. Auch haben wir zu Wittenberg den Stolz und Uebermuth der Wien'schen Sophisten genugsam erkannt aus ihrem Schreiben, das sie Dir zugeschickt haben." In der That behandelten sie Speratus mit höhnischem Uebermuth. In einer spätern lateinischen Schrift gegen ihn sagen sie: Sie hätten sein Schreiben nicht ohne spöttisches Lächeln rasch überlesen und hielten es für tadelnswerth, mit seinen Narrheiten ihre kostbaren Stunden zu vergeuden. Auch hätten sie ja doch keine Hoffnung auf seine Besserung, denn ein Wolf ändere wohl sein Haar, aber nicht seinen Sinn. Sie schrieben lateinisch, und nur für die Gelehrten, weil sie das Urtheil des Volkes und der Leute seines Schlages gänzlich verachteten. Nur gemeine, ihrer Unwissenheit sich bewußte Schriftsteller schrieben deutsch, weil sie diesem Volke Würdiges schrieben.

Hielten sie es nicht der Mühe werth, seine Schriften zu beantworten, so verschmähten sie es jedoch nicht, ihn durch Anklageschriften auch in Mähren zu verfolgen, obgleich sie auch dieses leugneten; sie sagten, sie hätten keine Zeit, sich mit solchen Speratischen Sachen zu beschäftigen. Theils dieser

Umstand, theils die Frucht seiner gewaltigen und einflußreichen Predigten machten den Bischof von Olmütz auf ihn aufmerksam, welcher dann die Iglauer zu seiner Entlassung zu bestimmen suchte. Allein diese hatten ihren Prediger zu lieb, als daß sie der Mahnung des Bischofs gehorcht hätten. So blieb diesem nichts anders übrig, als sich an den König Ludwig zu wenden, der auch Herr von Mähren war. Dieser befahl ihnen bei Strafe von 20 Mark Goldes, dann später bei Verlust ihrer Privilegien, ja Ankündigung der Acht und Verheerung ihrer Stadt, den Ketzer zu entfernen. Die Strafe war zu ernst, als daß sie nicht Alles hätten aufbieten sollen, den König zu einem andern Beschluß zu bestimmen. Sie sandten deshalb eine Gesandtschaft an denselben, so wie an den damaligen Bischof von Olmütz, Stanislaus Turso, der bei seinem Fürsten sehr viel vermochte, ab, um ihre gnädige Gesinnung zu erflehen und zugleich um die Erlaubniß zu bitten, ihre Sache gehörig vertreten zu dürfen, da sie sich keines Unrechtes bewußt seien. Man möchte ihnen deshalb die Gründe dieser harten Androhungen auseinander setzen, zugleich aber auch ihre Ankläger nennen, um ihre feindseligen Absichten darlegen zu können. Indessen ging man hierauf nicht ein, und verlangte kurzweg, sie sollten den verklagten Mann entlassen. Die Iglauer ihrerseits hielten es nun auch für ihre Pflicht, da man sie nicht hören wollte und keinen Grund für die Verjagung ihres treuen Seelsorgers angab, denselben zu behalten und kräftigst zu schützen.

Eben diese Verfolgung mußte unterdessen nur dazu dienen, die Gemeinde zu noch innigerem Anschluß an ihren Geistlichen zu bringen. Ja sie schlossen unter einander einen festen Bund, denselben in jeglicher Weise zu schützen und in Lieb und Leid zu ihm zu stehen. Die Gemeinde reifte indessen in jeglicher christlichen Erkenntniß, ja es scheint, daß sie sich vorwiegend mit der Erkenntnißseite des Christenthums befaßte, und darüber in Gefahr gerieth, die Einfalt des christlichen Lebens zu verlieren. Hauptsächlich beschäftigten sie sich mit der Frage, welche durch Abgesandte der Waldenser an jene mährischen Gemeinden angeregt worden war, wie es sich mit dem Wissen der Heiligen im Himmel, mit ihrer Kenntniß unserer irdischen Zustände verhalte; in wiefern man Gott in seinen Heiligen anbeten könne, ohne deshalb die Kreatur zum Gegenstande der Anbetung zu machen. Sie verhandelten unter einander über die Anbetung Christi im heil. Abendmahle, sie stellten Untersuchungen über die

Art und Weise an, wie Christus in den irdischen Elementen zugegen sein könne; sie grübelten darüber, ob unter dem Brode allein schon der ganze Leib Christi sei. Speratus ging auf diese Fragen ein, hielt sich aber der Sache nicht Meister genug und schrieb deshalb an Luther, um dessen Anschauung kennen zu lernen.

Luther antwortete ihm Sonnabends nach Pfingsten 1522 in einem äußerst beherzigungswerthen Briefe. Er stellt solchen Grübeleien des gemeinen Mannes gegenüber den rechten Grundsatz auf: Treibt und dringet auf das Nothwendige, nämlich Glaube und Liebe. Wenn sie aber das nicht zuerst ergriffen haben, so scheltet auf ihren leichten und flüchtigen Sinn, der sich mit andern äußerlichen und unnöthigen Dingen zu schaffen macht. Es ist eine Thorheit, in solchen schlechten Dingen zu streiten, und darüber das, was heilsam und kostbar ist, hintanzusetzen. Das ist des Satans List, daß er sich mit solchem Anfange den Weg bahne, um die Einfalt Christi zu fälschen und Fragen ohne Ende einzuführen. Er entscheidet dann: die Anbetung Christi im Sakramente sei frei; Niemand führe hier weder Beschneidung, noch Vorhaut ein, noch richte Einer den Andern. Wo Glaube und Liebe sei, werde man bei Beidem sündigen. Niemand aber würde leugnen, daß der Leib und das Blut Christi, der anzubeten ist, zugegen sei. Man muß hier für die Einfalt sorgen. Glaube und Liebe betet nicht an, weil sie weiß, es sei nicht geboten, aber sie läßt Jedem seinen Sinn. — Ueber die Gegenwart des Leibes, urtheilt er, sei das Wissen um das Wie? unnöthig. Der Glaube wird aus solchen Sachen weder gelehrt, noch vermehrt, sondern es werden nur Zänkereien auf die Bahn gebracht. Er bleibt in der Einfalt und läßt die vorwitzigen Fragen. — Ueber die Anbetung Gottes in den Heiligen erklärt er sich dahin, daß auch dieses frei und nicht nöthig sei. Daher thut der Glaube am besten, wenn er Gott allein in Allem ehret, als der Himmel und Erde erfüllet. Lehret nur, daß sie im Glauben gesund seien, so wird es solcher Fragen nicht brauchen, und die Salbung wird sie in Allem lehren, ohne welche wir nichts thun, als daß wir in unendliche Fragen verfallen. — Endlich sagt er, daß die Kraft der Abendmahlsworte in der Verheißung ruhten, daher auch ein ungläubiger Priester consekriren könne, da er auf Befehl und aus Gewalt der Kirche handelt. — So wies also Luther die Gemeinde von spitzfindigen Fragen auf die That und das Leben.

Indessen war auch durch die Geschicke des Lebens selbst gesorgt, daß sie nicht allzu tief in subtile Fragen sich einließen, sondern bei den wichtigsten Stücken der Bethätigung des christlichen Glaubens stehen blieben und im Ernste christlicher Treue sich übten. Denn die Verfolgung dieser Gemeinde und das Andringen des Bischofs zogen sich das ganze Jahr hindurch und dauerten auch im Jahre 1523 fort, bis die Gegner des Speratus endlich ihr Ziel erreichten. Wohl eilfmal inzwischen hatten die Iglauer die Mühe und Kosten, Gesandte an den König zu schicken, allein sie konnten nichts erreichen. Indessen blieben auch sie bei ihrem Entschlusse und entließen ihren Prediger nicht. Sie konnten das um so getrofter durchsetzen, als sie bei der damaligen mißlichen Lage des ungarischen Reiches vor energischem Einschreiten des Königs sicher waren. Es stand in der That damals höchst betrübend im Reiche Ludwigs. Der Türke stand drohend auf der Warte, und suchte vorläufig nur sich auf den andern Seiten Frieden zu schaffen, um dann in voller Macht über die Lande Ludwigs hereinzubrechen. Die Ungarn selbst aber lebten unbesorgt dahin; mit der größten Unbefangenheit machten sich die reichen Großen vom Kriegsdienste frei; man hielt eine Berathung über die andere, um durch Vermehrung der Steuern Söldner zu werben. Allein Niemand fragte nach den Beschlüssen; und selbst die noch energischere Gemahlin des Königs, die oben genannte Maria, hatte Mühe und Noth, um nur einige vom streitbaren Adel zur Kriegsbereitschaft zu gewinnen. So ging Ludwig seinem sichern Verderben entgegen. Nachdem Suleimann Ruhe vor allen seinen Feinden erlangt hatte, zog er im Jahre 1525 gegen Ungarn, und wiederholte diese Angriffe mit noch größerem Erfolge im Jahre 1526. König Ludwig versammelte im Mai des Jahres 1525 seinen Adel auf dem Felde von Rakos. Selbst im Angesichte der Gefahr konnte er weder Geld noch Truppen von den Magnaten erhalten. Ende Juli wurden sie endlich einig, daß nicht der Adel in's Feld ziehen sollte, sondern nur Söldner und Unterthanen des Adels. Auch im folgenden Jahre brachten sie vom April bis Juni mit Streiten zu; nirgends war Geld noch Mannschaft vorhanden. Da mußte die entscheidende Schlacht bei Mohacz am 29. August 1526 nachtheilig ausfallen. Die Ungarn ließen sich zu frühe in den Kampf ein, ehe die Hilfe des Johann Zapolya eintraf; und waren unbesonnen genug, von den Türken sich zu weit vorwärts locken zu lassen. Da packten die

Feinde sie von allen Seiten, in 1½ Stunden war das ungarische Heer vernichtet. Der König floh, aber sein Pferd fiel mit ihm beim Hinaufklimmen an dem steilen Uferrand des Baches Csele in einen Morast, wo er wie auch sein Begleiter Klapka den Tod fand; auch der Erzbischof Tomory, der das Heer befehligte, und der größte Theil der Magnaten fielen. So erfüllte sich das Geschick des Königes und damit seines Hauses, dessen letzter Sprosse er war.

Doch damals, als Speratus noch in Mähren weilte, konnte der König solchen Ausgang seines Reiches noch nicht ahnen. Es war im Sommer des Jahres 1523, als Ludwig nach Olmütz kam. Die Vertreter von Jglau und Speratus sollten vor ihm erscheinen, um ihre Sache endlich zu einem Austrage zu bringen. Sie reisten hin, warteten volle 18 Tage mit herzlichem Verlangen, frei und offen vor ihrem Herrn und König auftreten zu dürfen, und bezeichnend genug für jene Zustände, nach 18 Tagen brach der König mit seinem ganzen Hofstaat auf, und hatte nicht Zeit gefunden, seine treuen Unterthanen nur anzuhören. Sobald aber der König aus der Stadt war, griff man zur Gewalt (nach einer böhmischen Chronik mit Erlaubniß des Königs, bei welchem der Bischof ihn als Erzketzer verklagt hatte), nahm Speratus gefangen, setzte ihn in einen Thurm, gab ihm nichts als Wasser und Brod, beraubte ihn aller seiner Schriften, die er zu seiner Rechtfertigung bei sich hatte und freute sich nun, so trefflich seiner habhaft geworden zu sein. Es war ein förmlicher Festtag für die katholische Partei, so daß am Abende dieses Tages sogar Freudenfeuer angezündet wurden. Nachdem man nun einmal die Verfolgung angefangen hatte, wollte man auch vollends die Ketzerei vertilgen, welche es selbst gewagt hatte, in der Residenz des Bischofs aufzutreten. Man eilte in die Buchläden, nahm alle Bücher Luthers und seiner Freunde hinweg und errichtete auf dem Markte einen großen Scheiterhaufen, unweit des Prangers. Daselbst wurde nun Alles, was ihnen unlieb war, verbrannt, ja bezeichnend genug selbst das Neue Testament, das Luther verdeutscht hatte.

Das war also der Festtag von Olmütz, an welchem der Bischof seinen Grimm an Luther und seinen Freunden kühlte; jedoch sollte sein Rathschlag nicht ganz zur Ausführung kommen. Er hätte am liebsten Speratus dem Feuer übergeben. Allein König Ludwig hatte auch auf die Stimmen befreundeter Fürsten

zu achten. Die evang. Fürsten, namentlich der dem Speratus nachher so gnädige Albrecht, Herzog von Preußen, ver-
wendeten sich kräftig für ihn, auch einige Herren vom könig-
lichen Hofe. So kam es, daß er nach zwölfwöchentlichem Gefängnisse frei entlassen werden mußte. Er sollte indessen das
Gelöbniß geben, daß er in Iglau nicht mehr predigen würde.
So war also seine Thätigkeit auch in Mähren zerstört; seine
Feinde in Wien hatten auch dort seine Vertreibung durchgesetzt.
Er warf es ihnen in einem Schreiben an die Universität vor,
sie aber äußerten sich hochmüthig, sie hätten gar keine Zeit, um
sich mit so geringfügigen Sachen zu beschäftigen.

Speratus hatte indessen die Zeit seiner Gefangenschaft dazu
benutzt, um seine in Wien gehaltene Predigt noch einmal aus-
zuarbeiten. Sie war ja der erste Grund aller seiner Verfolgungen geworden. In ihr hatte er sein Glaubensbekenntniß
am bündigsten zusammengefaßt; sie blieb ihm auch für sein späteres Leben stets bedeutungsvoll.

Ein furchtbares Edikt Ludwigs war die Folge dieser Verhandlungen: alle Anhänger Luthers sollten von nun an am Leben bestraft und aller ihrer Güter verlustig werden, „in welchem Allen, schreibt später Speratus, „unsers frommen Königs auf das allerschmählichst ist worden mißgebraucht. Er
muß überall den Namen haben und ihres gottlosen Wesens
Schanddecker sein.

Sechstes Kapitel.
Paul Speratus in Wittenberg.

>„Ich harrete des HErrn, und er neigte sich zu mir
>und hörete mein Schreien, und zog mich aus der grau-
>samen Grube und aus dem Schlamm, und stellete meine
>Füße auf einen Fels, daß ich gewiß treten kann, und
>hat mir ein neu Lied in meinen Mund gegeben, zu lo-
>ben unsern Gott. Das werden Viele sehen und den
>HErrn fürchten und auf ihn hoffen." Ps. 40, 1—3.

Wunderbar war also Speratus seinen Feinden entgangen.
Seine grimmigen Gegner hatten ihm nach dem Leben gestrebt,
aber Gott hatte das Herz des Fürsten gelenkt, daß er ihn frei
von dannen ziehen ließ. So kehrte er zunächst zu seiner Gemeinde zurück, um von ihr Abschied zu nehmen. Seine Stimme
sollte nicht mehr in den ihm so lieb gewordenen Räumen des

Gotteshauses zu Iglau erschallen. Es mochte ihm bittere Thränen kosten. Aber auch seine Gemeinde entließ ihn nur mit Wehmuth; sie hatte ja seine Treue, seine Uneigennützigkeit erkannt. Sie wollte ihm auch bei seinem Abschiede Liebe erweisen, und so gab ihm auch der Rath der Stadt einen Empfehlungsbrief an alle Freunde der evangelischen Sache mit. Er bedurfte deß, und die Stadt selbst konnte in ihrer damaligen Lage nichts für ihn leisten; denn schweres Unglück hatte sie und damit zugleich ihren Prediger getroffen. Wir können dies aus dem Inhalte des Empfehlungsbriefes, der vom Donnerstag nach St. Aegidii des J. 1523 (also Anfangs September) datirt ist, ersehen. Er lautet: „Wir Bürgermeister und Rath der Stadt Iglau entbieten Allen unsern freundlichen Gruß und thun kund: Nachdem als D. P. Speratus, unser Prediger, seiner Predigt halben beklagt und durch Königlicher Majestät Mandat gefänglich angenommen und gesessen, nachmals ausgelassen worden, aber mittlerer Zeit, dieweil er gefänglich gesessen, ihm durch das grausame Feuer, welches sich den Montag nach der Kreuzwoche auf den Abend verloffen, also daß die ganze Stadt bis an 9 Häuser ausgebronnen, dabei und mit alle sein Hab und Gut und sonderlich an guten, christlichen Büchern ob den hundert Gulden werth verbronnen und verdorben. Deßhalben er geursacht wird, sich eine Zeitlang von uns und an andere Ende und Land zu trachten, damit er dergleichen christliche Bücher wieder zu Wege bringen möchte. Dieweil sich bemeldter Dr. P. Speratus bei uns redlich und ehrsam gehalten und uns treulich das Wort Gottes verkündet hat, achten wir uns schuldig, ihm bei andern unsern Freunden und guten Herren in guter Hoffnung Förderung zu bewerben ꝛc.

So zog also Speratus Anfangs Septembers von Iglau fort; er mußte wiederum fragen, wo ist das Land, das mir Gott zeigen wird? Die Antwort fand er in seinem Innern vor. Es konnte für jetzt kein anderer Ort sein, als Wittenberg. In seiner letzten Stellung hatte er fühlen gelernt, wie er doch in so manchen Punkten der evangelischen Wahrheit noch tieferer Befestigung bedürfe. Er begriff wohl, welch hohen Werth es für ihn haben müßte, den nähern Umgang des theuren Mannes Gottes Luther selbst genießen zu dürfen, welch mächtige Anregung ihm das für sein künftiges Wirken geben würde. Dort wollte er also zunächst bleiben, wollte aus einem Lehrer ein Schüler werden, um dann mit frischer Kraft wieder hinauszuziehen in den großen Streit gegen Irrthnm und Lüge. Zugleich aber konnte er auch hoffen, daß ihm von diesem Mittelpunkte des evangelischen Lebens aus der rechte Beruf zu Theil werden würde, wo er nicht mehr der Unruhe einer beständigen Verfolgung ausgesetzt wäre. Nach den Mühen eines höchst bewegten Lebens mußte er sich nach größerer Ruhe und einer bleibenden Stätte seines Wirkens sehnen, obgleich er sein liebes Iglau noch immer im Sinne behielt, wo er unterdessen einen treuen Nachfolger gefunden hatte.

So kam er also Ende September 1523 in Wittenberg an, von Dr. Luther, der bisher in brieflicher Gemeinschaft mit ihm gestanden war und sich ihm als treuer Freund und Berather gezeigt hatte, freundlich aufgenommen und von nun an seines näheren Umgangs gewürdigt. Mannigfach war die Anregung, welche von dort auf ihn ausging, mannigfach die Früchte dieses Aufenthalts. Wir haben zuerst desjenigen zu gedenken, was seinen Namen vorzugsweise unsterblich gemacht hat und was ihm das liebevolle Andenken der evangelischen Kirche für alle Zeiten sichert. Es sind seine Leistungen in der geistlichen Dichtkunst.

Mit großem Eifer suchte damals Luther die geistliche Dichtung zu beleben und statt der bisherigen Chorgesänge das Gemeindelied einzuführen. Er schrieb an seinen Freund Spalatin und Joh. v. Dolz deßhalb, und munterte sie auf, Psalmen zu dichten. Wo er eine Gabe hiezu entdeckte, suchte er sie zu beleben. Er schilt in seiner Vorrede zu dem Erfurter Enchiridion von 1524 auf die bisherige Weise, im Chore mit undeutlichem Geschrei wie die Waldesel zu brüllen. „Weil nun, sagt er dort, nach der Lehre Pauli 1 Cor. 14 nichts in der Gemeinde christlichen Volkes gehandelt soll werden im Singen oder Lesen, es geschehe denn zur Besserung durch Auslegung, so wird nun, solche Mißbräuche zu bessern, an vielen Orten vorgenommen, deutsche geistliche Gesänge und Psalmen zu singen. In seiner Vorrede zu dem Walther'schen Gesangbüchlein, Wittenberg 1525, sagt er: Daß geistliche Lieder zu singen, gut und Gott angenehm sei, achte ich, sei keinem Christen verborgen, dieweil jedermann nicht allein das Exempel der Propheten und Könige im Alten Testamente, die mit Singen und Klingen, mit Dichten und allerlei Saitenspiel Gott gelobt haben, sondern auch solcher Brauch, sonderlich mit Psalmen gemeiner Christenheit von Anfang, kund ist, 1 Cor. 14, 26; Kol. 3, 16. Demnach habe ich auch sammt etlichen Andern zum guten Anfang und Ursach zu geben denen, die es besser vermögen, etliche geistliche Lieder zusammengebracht, das heilige Evangelium, so jetzt von Gottes Gnaden wieder aufgegangen ist, zu treiben und in Schwang zu bringen, daß wir auch uns möchten rühmen, wie Moses in seinem Gesange thut, 2 Mos. 15, 1, daß Christus unser Lob und Gesang sei, und wir nichts wissen sollen zu singen, noch zu sagen, denn Jesum Christum, unsern Heiland, 1 Cor. 2, 2. Ich bin nicht der Meinung, daß durch's Evangelium sollten alle Künste zu Boden geschlagen werden und vergehen, wie etliche Uebergeistliche vorgeben, sondern ich wollte alle Künste, sonderlich die Musika, gern sehen im Dienste dessen, der sie gegeben und geschaffen hat. Bitte deßhalb, ein jeglicher frommer Christ wolle Solches ihm lassen gefallen, und wenn ihm Gott mehr oder deßgleichen verleihet, helfen fördern. Es ist sonst leider alle Welt zu laß und vergessen, die arme Jugend zu erziehen und lehren, daß man nicht auch darf Ursache dazu geben. Gott gebe uns seine Gnade. Amen. In seiner Vorrede zu dem deutschen Gesang, so in der Messe gesungen wird, von 1526 sagt er: Wir bitten ganz herzlich und vermahnen brüderlich alle die, so Kinder unter ihrer Zucht haben, daß sie mit Fleiß die Kinder von den schnöden Liedern abziehen und dafür solche Psalmen, auch geistliche Lieder sie lehren wollen, damit Gott in alle Wege gelobt und gepreist werde; denn solcher Dienst Gott am meisten gefällt.

Auf solche Gedanken ging nun Speratus mit Freuden ein, und wie thätig er für diesen edlen Zweck war, das bezeugt hinreichend der Umstand, daß in dem ersten Gesangbüchlein, das Luther 1524 unter dem Titel „Etlich christlich Lieder, Lobgesang und Psalm, dem reinen Wort Gottes gemäß, aus der Heiligen Schrift durch mancherlei Hochgelehrte gemacht" zu Wittenberg herausgab, und das blos acht Lieder enthielt, bereits drei Lieder von Speratus standen. Das erste nun, welches er noch Ende 1523 dichtete und auf einem besondern Bogen herausgab, ist das berühmte Lied: Es ist das Heil uns kommen her 2c., welches den Unterschied vom Gesetz und Glauben behandelt. Da es in jedem christlichen Gesangbuche zu lesen ist, so können wir es hier billig übergehen, und dorthin den christlichen Leser verweisen; hier aber haben wir die Bedeutung dieses Liedes für das Leben des Verfassers, wie für seine Zeit zu schildern.

Speratus hatte in den Verhandlungen, welche er bis jetzt mit seinen Gegnern gehabt, recht in die Tiefe des Gegensatzes geblickt, welcher die neue evangelische Gemeinde von der bisherigen verderbten Kirche schied. Sein Streben war bisher immer gewesen, die Grund- und Hauptgedanken des Evangeliums der Gemeinde zu predigen, und als er durch die Grübeleien der Iglauer veranlaßt, auf einzelne subtilere und dem Hauptziele der Reformation ferner liegende Gedanken gekommen war, hatte ihn Luthers klarer, besonnener Blick und heiliger Ernst dann wieder zurückgerufen. Darauf ging nun Speratus ganz ein, ja man kann sagen, es war dies eigentlich das rechte Wesen seiner christlichen Durchbildung, wie auch seine Wiener Predigt beweist, daß er so recht in das Centrum der evangelischen Lehre eindrang, und von hier aus in der populärsten Weise die Hauptlehren darzustellen vermochte. Er war daher vorzugsweise zum Lehrer und Sänger des heiligen Evangeliums berufen.

Der Inhalt dieses Liedes, eines Hauptliedes der lutherischen Kirche, ist also der Kern der Schriftgedanken, welche Luther an das Licht gebracht hat; es charakterisirt daher jene Sturm- und Drangzeit, welche mit fliegenden, fröhlich entfalteten Bannern der Wahrheit frisch und freudig gegen das Centrum der päpstlichen Kirche vorrückte. Es gehet aus von jener Kernstelle des Römerbriefes (Kap. 3, 28) und verdeutscht nun namentlich die Gedanken dieses gewaltigsten und gelehrtesten Briefes des Apostels der evangelischen Kirche. Jede Zeile ist auf ein bestimmtes Schriftwort gestützt; diese Sprüche waren für den prüfenden Leser auch unter dem Liede bemerkt, und so treffend war dieser Inhalt des Liedes aus Gottes Wort bewiesen, daß Luther in hoher Freude darüber schrieb: „Ein Lied, gewaltiglich mit göttlicher Schrift verlegt." Ferner hatte er den Ton des Volkes, wie in allen seinen Schriften, so auch hier vortrefflich getroffen. Schon die Weise, in der er dasselbe dichtete, war aus dem Volksgesange jener Zeit entlehnt, und so leicht und schnell verbreitete sich eben deßhalb dieses Lied, daß gerade hierüber die Papisten besonders erbost waren. Der Jesuit Decomanus sagte daher in seinem Zorne, ein Sackpfeifer oder Peitschmeister oder Schuster habe es gemacht. Was er zur Verspottung des Liedes sagte, muß ihm zur Ehre gereichen; denn das ist am Ende der Kern auch seines Spottes, daß dieses Lied den Volkston so wohl getroffen habe, daß das Volk sich ganz dasselbe zueignete, ja daß die Sage des Volkes und so auch die Poesie sich seiner Geschichte bemächtigte. Hartknoch, der Verfasser der preußischen Kirchenhistorie um 1680, erzählt, daß er oft von seinen Lehrern Folgendes vernommen habe: Es kommt ein Bettler aus Preußen nach Wittenberg und singt dieses Lied vor des Dr. Luthers Thür. Dr. Luther hört ihm mit Fleiß zu, bis es der Bettler ausgesungen. Weil er aber nicht bald Alles hat vernehmen können, gibt er dem Bettler eine Gabe und befiehlt ihm, solches noch einmal zu singen. Wie er es verrichtet, fragt ihn Lutherus, von wannen er komme und wo er das Lied gelernt? Der Bettler antwortet, er komme aus Preußen, allwo dieses Lied in der Kirche oft gesungen würde. Da gingen dem Dr. Luther die Augen vor Freude über, daß Gott diesem Lande so gnädig wäre und selbiges in Erkenntniß Seines Wortes so weit hätte kommen lassen." So lieblich spricht davon die Sage.

Das Volk begriff auch die hohe, kirchenbildende, gewaltig fortreißende Macht dieses Liedes. Es wurde gewissermaßen der Sturmbock, mit welchem man die feindliche Festungsmauer einstürzte. Als zu Waiblingen in Württemberg die katholischen Priester 1535 die erste dort gehaltene evangelische Predigt des Erhardt Werner gleichsam niederpredigen wollten, da stimmte die ganze für Luthers Lehre begeisterte Gemeinde dieses Lied als ihren Schlachtruf an, und sang es als Bekenntniß ihres Glaubens so einmüthig durch, daß jene Priester die Vergeblichkeit ihres Thuns einsahen, und unter ärgerlichem Ausspeien die Kirche verließen. Dasselbe geschah in Magdeburg, in dem Dorfe Behnau in der Niederlausitz und in manchen andern Orten.

Ja unter Gottes Leitung sollte dieses Lied sogar für eine ganze Landeskirche entscheidend werden. Kurfürst Friedrich II. von der Pfalz, im Herzen schon länger dem Evangelium zugethan, wagte es um des Kaisers willen nicht, dasselbe auch öffentlich in seinem Lande zur Geltung zu bringen. Allein, was der Fürst nicht wagte, sollte die Freudigkeit der Gemeinde erringen. Zu Heidelberg in der Hauptkirche hatte sich eben der Kurfürst wieder zur Messe eingefunden, die Priester sangen die lateinische Opferliturgie, da ertönt aus Eines Munde das Lied: Es ist das Heil uns kommen her, und rasch stimmt die ganze Gemeinde ein.

Die Orgel tönt so hell und hehr;
Versunken in der Andacht Meer
Einstimmig und einmüthig sehr
Die Herzen sich erschwingen.

> Der Priester legt das Sacrament
> Stillschweigend drauf bei Seite;
> Die heil'ge Glut in ihm auch brennt,
> Die keines Menschen Zunge nennt,
> Der Wahrheit gern die Ehr' er gönnt,
> Und auf die Knie er sinkt am End
> Beim hellen Sang der Leute.

So besingt dieses wichtige Ereigniß der Dichter. Diese allgemeine freudige Zustimmung des Volkes ward für den Kurfürsten entscheidend, es bestimmte ihn zu dem muthigen Entschluß: Gott sei die Ehr' gegeben!

Unverkennbar ist auch dem Liede die bisherige Erfahrung des Speratus in seinem Leiden aufgedrückt; die freudige Zuversicht, die ihn in Kerker und Banden beseelt hatte, kindlich gläubig ausgesprochen. Wenn er in seinem 11ten Verse sagt:

> Die Hoffnung wart' der rechten Zeit,
> Was Gottes Wort zusage;
> Wenn das geschehen soll zu Freud',
> Setzt Gott kein g'wissen Tage:
> Er weiß wohl, wenn's am besten ist,
> Und braucht an uns kein' arge List:
> Deß soll'n wir ihm vertrauen. —

so fühlt man ihm nach, wie dieses aus reicher Lebenserfahrung bei ihm hervorging, und so ist es natürlich, daß eben diese Worte bei frommen Seelen in trüben Leidenserfahrungen einen Widerhall fanden. Auf sie weist der gefangene edle Kurfürst von Sachsen, Joh. Friedrich, den ihn tröstenden Veit Dietrich hin, und setzt hinzu: Geschieht's nicht hier, so geschehe es ewiglich. Ewige Erhörung ist die rechte Erhörung unsers Gebetes und Seufzers. Wer nur frisch durch die Welt hindurch wäre! Sie waren der Trost des Herzogs Friedrich Wilhelm von Weimar, der 1602 starb. Am 12. Verse labten sich viele hochgestellte Leute unter schweren Schmerzen des siechenden Körpers, wie man dies von Christoph v. Degenfeld und Caspar v. Minkwitz erzählt. Die beiden letzten Verse sind merkwürdig dadurch, daß sie noch im vorigen Jahrhundert in dem Lande, in dem er so treu gewirkt hat, in dem katholischen Oesterreich, am Schlusse des römischen Gottesdienstes in vielen ehemals evangelischen Gemeinden gesungen wurden. Bleibe es stets darum eine Zierde der lutherischen Kirche und ein Heils- und Trostlied der Gott suchenden Seelen!

Weniger bekannt sind heutzutage seine beiden andern, damals von Luther zugleich herausgegebenen Lieder, von welchem das nächste überschrieben ist: Ein Gesang, zu bekennen den Glauben. Es ist eine dichterische Erklärung der drei Glaubensartikel, welche sich durch dieselbe einfache, kindliche Darstellung auszeichnet, jedoch von unserer heutigen Sprachweise zu abweichend ist, als daß sie noch jetzt in unsere Gesangbücher aufgenommen werden könnte: auch hat sie weit weniger dichterischen Gehalt. Als Probe theilen wir hier den ersten und die beiden letzten Verse mit.

> In Gott gelaub' ich, daß er hat
> Aus nichts geschaffen Himmel und Erde.
> Kein' Noth mag mir zufügen Spott,
> Er sieht, daß er mein B'schützer werde;
> Zu aller Frist allmächtig ist,
> Sein' G'walt muß man bekennen,
> Läßt sich ein Vater nennen.
> Trotz wer mir thu, der ist mein Ruh,
> Tod, Sünd und Höll kein Ungefäll
> Wider diesen Gott kann bringen.
> O HErre Gott,
> Vor Freud' mein Herz muß aufspringen.

Die sechs folgenden Verse erläutern den zweiten Glaubensartikel, im achten und neunten Verse ist der Inhalt des dritten Artikels also erläutert:

> Glauben muß ich in Heiligen Geist,
> Gott dem Vater gleich und Sohne,
> Wer den in ihm wird nicht haben, leid't
> Spott, denn deß wird Gott nicht schonen.
> O Heiliger Geist, uns Gnaden leist,
> Erweck, leit und erleuchte,
> Durch und in Christo feuchte;
> Schaff lebendig, im G'müth heilig,
> Daß wir in Dir mit Herzensgier
> Gottes großen Namen ehren.
> O HErre Gott,
> Den Glauben woll' in uns mehren.

> Das soll man auch gelauben wohl:
> Ein' Kirch; im Geist muß man sie kennen,
> Gott hold, der Gnaden reichlich voll;
> Nicht fürcht, daß sie der Teufel trenne.
> Heilig Gemein, welch hat allein
> Vergebung aller Sünde;
> Der Fried' ist Gottes Kindern.
> Zuletzt behend des Fleisch's Urständ;

> Ein Leben frei, das ewig sei
> Dort in jener Welt voll Freuden.
> O HErre Gott,
> Verleih uns auch diese Weide. Amen.

Wie er nun in diesen beiden ächt kirchlichen Liedern den Grund alles Heils und den Inhalt des christlichen Glaubens besang, so wendet sich das dritte damals erschienene Lied dem Leben und Zustande der Kirche zu, beseufzt das menschliche Elend in Folge der Sünde, und fleht um Hilfe aus solcher großen Noth, aber nicht in der weichlichen, schwächlichen Sprache einer späteren Zeit, sondern in der Kraft und dem Eifer eines in Gottes Wort starken und auch in der Erkenntniß der Sünden männlichen Ernstes. Da dieses einfache und doch gewaltige Lied weniger bekannt ist, so theilen wir dasselbe hier vollständig mit. Es hat die Ueberschrift: Ein Gesang, zu bitten um Folgung der Besserung, und lautet:

> Hilf Gott, wie ist der Menschen Noth
> So groß, wer kann es all's erzählen?
> Ganz todt liegt er ohn allen Rath,
> Weyßlos, er kennt auch nicht sein Elend.
> Herz, Muth und Sinn ist gar dahin,
> Verderbt mit allen Kräften,
> Weiß nicht, wo er's soll besten;
> Kennt nicht das Gut, noch minder thut,
> Was Gott gefällt, hat sich gestellt
> Wider allen Gottes Willen.
> O HErre Gott,
> Hilf uns diesen Jammer stillen!

> Nicht Rast find er auf Erd, wie fast
> Er sucht, kein' Macht will ihn doch retten.
> Sein Last ihn als der Höllen Gast
> Verflucht. Ach Gott, hilf ihm aus Nöthen!
> Wir rufen all aus dieser Qual
> Zu Dir, dem höchsten Gute.
> Du kannst uns geben Muthe
> Zu Deiner Gnad', eh kommt der Tod,
> Der All's hinnimmt, da nicht mehr ziemt,
> Deiner Gnaden Huld erwerben.
> O HErre Gott,
> Laß uns nicht also verderben.

> Ach, wie war nun dein Zorn allhie
> So grimm, da dein Wort lag verborgen.
> Nun sie wieder geben zu früh
> Ihr' Stimm'; denn Niemand will ihr sorgen.

Man hört sie wohl, die Kirch' ist voll;
Noch will sich Niemand maßen.
Der Zorn ist noch zu große;
Viel besser wär: nimmer gehört,
Denn so man hört und nicht nachfährt.
Ach, es ist grausam Strafe.
O HErre Gott,
Mach uns wieder neu erschaffen.

Sieh an durch Deinen lieben Sohn
Auf uns, darin Dein Wohlgefallen,
Der schon für uns hat g'nug gethan,
Umsonst hat reichlich wollen zahlen,
Daß wir, befreit von allem Leid,
Deiner Gnaden möchten genießen,
Sein Blut sollt uns entsprießen.
Laß den Zorn nach, richt nicht so jach,
Vergiß der Schuld, gib uns dein Huld;
Wir erkennen doch die Sünde.
O HErre Gott,
Nimm uns an für dein Kinde.

Dieweil du hast so kurzer Eil
Dein Wort wieder gesandt auf Erden.
Uns heil, von neu durch's Teufels Pfeil
Ermord't; gieb, daß wir frömmer werden.
Es liegt an dir, das können wir.
Mit uns ist's gar verloren,
Wir stehn in Deinem Zorne,
Nicht sieh uns an, noch unser Thun,
Erkenn Dein Wort, der Gnaden Hort,
Darum ist es Mensch geworden.
O HErre Gott,
Für uns laß es sein gestorben!

Freu dich mit großer Zuversicht,
Sein Volk, er wird dich nicht verschmähen.
Nur sieh, wie du nicht gar vernich-
ten sollt den Schatz, den er hat geben.
Es ist sein Wort, darauf steh hart,
Es kann uns nicht ausweichen.
Sein Kraft ist also reiche.
Wenn Er's beschert, da wird's gewehrt,
Nur glaub daran, laß Zweifel stan;
Hoff in den, der ist dort oben.
O HErre Gott,
Von uns sei dir ewig Lobe.

Wer hörte nicht aus diesem ächten Gemeindeliede den tiefen Ernst der Heiligung durchklingen, der aus der wahren Erkenntniß der Sünde entquillt, der jene oberflächliche Richtung, welche freilich auch schon zur Reformationszeit sich geltend machte, da man meint, mit dem Abthun des Ceremonienwesens und einiger Erkenntniß christlicher Wahrheiten sei das Christenthum fertig, auf das Entschiedenste verwirft, und vor allen Dingen die Seelen zu einer rechten, gründlichen und männlichen Erkenntniß der Sünde treibt, damit sie um so verlangender dem Born des Heiles zueilen und daraus Vergebung der Sünden und eine Kraft der Heiligung empfangen.

So nützte also Speratus seine Mußezeit zu Wittenberg, und die lutherische Kirche hat wohl ein Recht, Gott zu danken, daß er zu solcher Muße durch die Verfolgung gezwungen war, durch jene Wirksamkeit in seinen Gemeinden wirkte er für jene Zeit; durch diese scheinbare Hemmung seiner Wirksamkeit hat er für die Kirche Gottes aller kommenden Zeiten Segen gebracht.

Wir wissen nicht gewiß, ob er auch in späterer Zeit noch Lieder gedichtet hat; jedenfalls gehören diese Lieder der Anregung aus Wittenberg an, und man thut Unrecht, weil er später in Preußen wirkte, ihn deshalb zu den preußischen Liederdichtern zu zählen. Es ist zwar ein Lied aus späterer Zeit vorhanden, das zuerst 1535 in Klugs Gesangbuch sich findet und später als ein Lied des Speratus bezeichnet wird; allein die ältesten Gesangbücher kennen den Verfasser desselben nicht, und auch Spangenberg, der in seinem Adelsspiegel seine Lieder aufzählt, führt dieses nicht an. Es ist das schöne Lied: „Ich ruf zu Dir, Herr Jesu Christ", das in allen christlichen Gesangbüchern lautern Sinnes sich findet und ein herrliches Kerngebet ist. Einige vermuthen, es sei von Joh. Huß gedichtet und von Speratus überarbeitet; doch Sicherheit läßt sich auch hier nicht bieten, und es möchte fast scheinen, daß, wenn ihm sein späterer so anstrengender Beruf wirklich Zeit zur Poesie gegeben hätte, wir noch mehrere Lieder von ihm haben würden. Andererseits ist freilich auch bekannt, daß Herzog Albrecht ein großer Freund der Dichtkunst war und bekanntlich den in seinem Lande wirkenden Joh. Graumann zu der Verabfassung des köstlichen Liedes: „Nun lob mein Seel den Herren" veranlaßte.

Eine weitere Art seiner Thätigkeit waren die Schriften, in denen er auch als Verbannter noch seine Gemeinden in Oesterreich erbauen und stärken wollte. Denn das geistige Band dauerte fort, und selbst sein heftiger Gegner, der Professor Camers, muß zugeben, daß er eine große Anzahl Freunde in Wien hatte, die ihm aufs innigste zugethan waren. Er schreibt:

Wir leugnen nicht, daß hier in Wien so Viele sind, welche dein barbarisches Deutsch begierig lesen und es für einen Ausspruch des delphischen Orakels preisen. Diese Anhänglichkeit suchte er aber in keiner Weise zu eigennützigen Zwecken zu benützen, sondern nur, um seine Gemeinden im Glauben zu festigen, in der Verfolgung zu stärken, im Kreuze zu männlich christlicher Gesinnung zu erheben. Darum schrieb er seinen Iglauern zum neuen Jahre 1524 die warme Trostschrift: „Wie man trotzen soll auf's Kreuz, wider alle Welt zu stehen bei dem Evangelio." Er hatte Kunde erhalten, daß Etliche zur Zeit der Verfolgung unbeständig gewesen waren: diese strafte er darin; diejenigen, die dem Worte sich treu erwiesen hatten, ermunterte er zur Beständigkeit; alle erinnert er an die Liebe, mit der sie den Christenlauf begonnen hätten, und warnt sie, aus der ersten Liebe nicht in Lauheit zu verfallen. Sollten sie ihn wieder als Prediger der Gemeinde annehmen, so erklärt er, würde er ohne Furcht vor Verfolgung und Pein diesem Rufe folgen. Allein die Iglauer wagten dieses doch nicht, da inzwischen von Jahr zu Jahr sich die Verfolgung steigerte. Doch unternahm es S p e r a t u s, sie noch im Laufe dieses Jahres zu besuchen und einige Zeit in Iglau zu verweilen. Von dort aus datirte er den Brief, welchen er am 26. April 1524 als Begleitschreiben seiner Gegenschrift an die Wiener Universität sendete. Er wollte jene in Kap. III. erwähnten Artikel der Universität in ihrer ganzen Blöße hinstellen, und hat dies, wie oben gezeigt, kräftig gethan. Dazu schrieb er nun einen lateinischen Brief, in welchem er seine Verdammer seine Freunde in Christo nennt, ihnen den Frieden Gottes und unsers Herrn Jesu Christi wünscht und ihnen Bekehrung erfleht. Dazu fügt er noch ein deutsches Gedicht, das nicht wenig ihren Zorn erregte, da es die Praktiken der Papisten schilderte. Die Wiener überlegten lange bei sich, ob sie antworten sollten oder nicht. Allein sie mochten zu wohl den guten Grund seiner Anklage fühlen, als daß sie es nicht für nöthig gehalten hätten, sich wenigstens vor dem gelehrten Publikum zu rechtfertigen. So antworteten sie lateinisch, da sie das ungelehrte Volk mit vornehmem Stolze verachteten. Der Franziskaner J o h. C a m e r s, Doctor der Theologie, übernahm die Vertheidigung, welche ein wahrer Ausbund der hochmüthigsten Verachtung ohne irgend eine Widerlegung ist; während er über die heftigen Angriffe des Speratus schilt, überbietet er diese um das zehnfache, und bietet alle möglichen Citate aus den alten heidnischen Classikern, alle Bilder aus der Thierwelt auf, um Schimpf auf Schimpf über Speratus auszugießen. Er vergleicht sich mit dem gereizten Löwen, der dem Mäuslein gegenübertritt; es reue ihn fast, mit einer so geringfügigen Sache zwei volle Tage haben zubringen zu müssen; daß jene Artikel von der Universität ausgegangen seien, leugnet er geradezu weg; daß sie Speratus verdammt hätten, bestreitet er. Sie hätten ihn blos vor ihr Gericht zitirt, und weil er nicht erschienen sei, sei er exkommunizirt worden. Das Erscheinen stehe ihm immer noch frei, allein sie würden wohl einem Tauben so süße Einladung schicken. Man werde sagen: Ein Lämmlein, das die Wölfe packen, wird nicht leicht losgerissen werden. Er sucht dann seinen ganzen Lebenslauf zu verlästern und setzt ihm endlich sogar schon eine Grabschrift, die hier übersetzt als Probe seiner Lästerzunge stehen soll:

Hier liegt Speratus nun in diesem Grabe,
Erfrag, o Leser, meine Eltern nicht,
Von Jugend an war Wollust meine Freude:
Drum pries die Ehe als das Schönste ich.
Die Einsamkeit galt mir als schlimmster Stand,
Der Pöbel mehr als der Gelehrten Kreis,
Den Mönchen hab' ich stets den Krieg erklärt.
Ich hinterließ der Nachwelt Barbarei,
Die Wiener nannt ich Esel allzumal,
Nicht würdig meiner Freunde waren sie.
Den Mähren war mein Leben, meine Bande
Und meine Sprache sattsam wohl bekannt.

Ueber Luthers Lehre geht er rasch hinweg; er meint, sie sei wohl nicht ohne Argwohn zu betrachten, da sie von so gelehrten Universitäten verworfen werde. Doch habe er hier nichts mit ihr zu schaffen. Verabfaßt war diese Schrift am 9. Juni. Speratus hat sie wohl nie einer Antwort gewürdigt. Andere Angelegenheiten beschäftigten ihn nun. Denn schon im Juli trat er in seinen neuen Beruf ein.

Doch ehe wir ihn dorthin begleiten, haben wir noch einer Thätigkeit zu gedenken, welcher er in Wittenberg seine Mußestunden widmete. Er beschäftigte sich angelegentlichst mit dem Studium der Schriften Luthers und stand mit diesem in näherem Umgange. Daß Luther ihn hiebei hochachten und für einen schwierigen Posten geeignet halten konnte, ist gewiß ein schöner Beweis für seine Tüchtigkeit und schlägt alle jene Lästerungen gänzlich darnieder. Wie hoch er aber namentlich seine volksmäßige Schreibweise achtete, das beweist am besten der Umstand, daß er ihm einige wichtige lateinische Werke zur deutschen Bearbeitung übertrug. Die Hauptschrift darunter ist sein Sendschreiben an den Rath und die Gemeinde der Stadt Prag, wie man Kirchendiener wählen und einsetzen soll. Speratus hatte begreiflicher Weise daran großes Interesse, da er die Böhmen und Mähren als seine Missionsgemeinde betrachtete. So benützte er denn dies auch als Anlaß, um in der Vorrede sich an seine ehemaligen Zuhörer in Würzburg und Salzburg zu wenden und sie seiner rechten Hirtentreue zu versichern. Ferner übersetzte er die Widerlegung der Irrthümer des Dominikaners Ambrosius Catharinus. Endlich verdeutschte er auch Luthers Sendschreiben an Bischof Hausmann zu Zwickau, das 1523 unter dem Titel erschien: „Weise, christliche Messe zu halten oder zum Abendmahl zu gehen." In der Vorrede hiezu wendete er sich an seine Lieben in Christo, die christliche Gemeinde der löblichen Stadt Igla, worin er sie ermahnt, im Glauben zu beharren und stets zur Rechenschaft über denselben bereit zu sein, und fortfährt: „Dergleichen mit Euch auch ich thun will, wie Ihr bisher an mir gespürt und befunden habt, und sollt es halt noch ums Leben gelten. Wehe uns, so wir in dem nicht beharren, ja Schand und Laster vor Gott und vor den Menschen, in dem ich Euch als ein Getreuer fleißig will gewarnt haben. Wiewohl ich und Ihr von der Schwachen wegen jetzt eine Zeit, (darin wir leiblich — Ihr wisset in was Gestalt — geschieden sind,) müssen Geduld haben, bis Gott, der die Herzen wandelt, ein Anderes schickt. Jedoch will's Gott, so soll es nicht lange währen, sondern, so die Schwachen allweg wollen schwach sein, so wäre es nicht eine Schwachheit, sondern eine angenommene Bosheit, der fürder nimmer zu verschonen wäre. Wo aber die Verfolger des Evangeliums weiter wider uns toben würden und deß kein Aufhören machten, müßten wir auf unsern König pochen und ihnen mit dem Tod und Verlierung aller Güter um des Evangeliums willen wieder Trutz bieten und denselben Trutz mit der That erstatten, ehe wir des Evangeliums entriethen und uns wieder in des Antichrists Gewalt ergäben." Er ermahnt sie dann, seinem Nachfolger, der ihnen mit nicht minderem Fleiße das Evangelium treulich verkünde, alle Liebe zu erweisen und „so es Gott also schickte, daß ich nicht mehr zu Euch kommen sollte, wollt ihn annehmen als mich selbst und auch sammt ihm stehen bei dem Worte Gottes. Wollt nicht achten, daß man uns die falschen

Propheten heißt, die in der letzten Zeit kommen sollen, als die allein lesen, daß sie kommen sollen, und nicht auch lesen wollen, aus welchen Früchten man sie erkennen muß." So war also seine Zeit der nützlichsten Thätigkeit zugewendet. In der That, dieses in Wittenberg verlebte Jahr war für ihn ein gesegneter Abschluß seiner bisherigen Wirksamkeit, welche dem Süden unsers deutschen Vaterlandes geweiht war; und eine treffliche Grundlage für die weitere Thätigkeit, zu der er nun berufen war, welcher der bedeutendste Theil seines Lebens gewidmet sein sollte.

Siebentes Kapitel.
Berufung des Speratus nach Preußen.

> Wie lieblich sind auf den Bergen die Füße der Boten, die da Frieden verkündigen; Gutes predigen; Heil verkündigen; die da sagen zu Zion: Dein Gott ist König. Deine Wächter rufen laut mit ihrer Stimme und rühmen mit einander. Denn man wird es mit Augen sehen, wenn der Herr Zion bekehret.
> Jes. 52, 7. 8.

Es bleibt für jedes Volk jene Zeit in besonders heiligem und ehrwürdigem Gedächtnisse, da zuerst die Botschaft des heiligen Evangeliums in seinen Gauen erschallte, da zuerst auf den Bergen, von denen man ins traute Land niedersteigt, die Füße der begeisterten Herolde erschienen, um nun in reger Freudigkeit überall hin das Wort des Lebens zu tragen. Fürwahr es ist eine hohe Gnade Gottes, welche der erfährt, den sie zu so lieblicher Botschaft erlesen hat. Speratus ist ein solcher Liebling der göttlichen Gnade gewesen. Die ersten Regungen, der erste Flügelschlag der Reformation in den beiden mächtigsten Gebieten deutscher Zunge, in Oesterreich wie in Preußen, sind mit seinem Namen verwoben.

Wir haben ein Recht, es als eine wunderbare Fügung seines Gottes zu bezeichnen, daß der Mann, welcher bisher mit so großer Freudigkeit und entschiedener Klarheit über seinen Beruf in das Herz Oesterreichs eingedrungen war, aber dort mit unüberwindlichen Hindernissen zu kämpfen hatte, jetzt der Reformator Preußens werden sollte, und zwar hier in der lieblichsten Stille, im ungehindertsten Fortschritte seines Werkes. Die Evangelischen Oesterreichs wie Preußens werden dafür seinen Namen segnen und sein Gedächtniß wird in Ehren bleiben.

Der Mann, welcher ihn für dieses Werk als besonders geeignet mit klarem Blicke bezeichnete, war Luther, und der Fürst, welcher ihn hiefür berief, war der Gründer des preußischen Herzogthums, Albrecht von Brandenburg. Wir haben den nähern Vorgang hier zu schildern.

Albrecht, seit 1511 Hochmeister des Deutschherren=Ordens in Preußen, hatte in seiner Bedrängniß durch die Polen, mit denen er am 5. April 1521 einen vierjährigen Waffenstillstand geschlossen hatte, beim Reichstage in Nürnberg die Hilfe des deutschen Reichs gesucht. Er erlangte nicht, was er wollte, aber er fand in anderer Weise Mittel, sein Gebiet zu festigen und ihm jene innere Einheit zu verleihen, durch welche wenn auch langsamer ein Ziel erreicht wurde, welches er damals wohl kaum zu hoffen gewagt hätte. Eine Hinneigung zur Reformation zeigte sich schon damals bei ihm. Er hörte nun in Nürnberg den gewaltigen Osiander in der Lorenzer Kirche predigen; er suchte die nähere Bekanntschaft dieses geistvollen Mannes. Dieser wies ihn auf die Schrift und steckte ihm die Leuchte auf, durch die er sie verstehen lernte. Zeitlebens blieb er ihm als seinem geistlichen Vater dankbar. Albrecht las die Bibel und forschte in ihr in Bezug auf seine Verhältnisse. Es ging ihm schon damals eine Ahnung auf, daß sein Stand den Geboten der heiligen Schrift nicht eigentlich entspreche. Allein zur Ausführung des Erkannten fehlte noch viel. Es war ein zu gewaltiger Schritt, als daß er so schnell hätte geschehen können. Es bedurfte zugleich der göttlichen Führung, um hierin ganz klar zu sehen. Jener erste Aufenthalt in Nürnberg war im Jahre 1522.

In diese Zeit fällt der Sturz des deutschen Reichsregimentes, die völlige Niederlage des Adels. Damit mußte dem Hochmeister alle Hoffnung auf Hilfe des deutschen Reichs schwinden. Es war eine schwere Zeit für ihn. Mit einem Herzen voll Sorgen reiste er von Nürnberg ab, ihn begleitete der weise Vertreter des sächsischen Hofes, v. Planitz. Mit diesem kam er nach Wittenberg, um Luther zu sehen und sich bei ihm Rathes zu erholen. Der große Mann, welcher damals in so vielen Staatsangelegenheiten klarer als gewiegte Staatsmänner sah und zugleich den Muth besaß, wo er seiner Sache aus Gottes Wort gewiß war, kein Hinderniß zu scheuen, gab ihm den folgenschweren Rath, seine Ordensregel als der h. Schrift widersprechend zu verlassen, sich zu vermählen, Preußen in ein weltliches Fürstenthum zu verwandeln und die Leuchte des göttlichen Wortes daselbst aufzupflanzen. Der Hochmeister hatte hofmännischen Takt genug, um nicht sogleich Ja zu sagen. Er lächelte, allein in seinem Lächeln sprach sich unverkennbar die Zustimmung zu dem Vorschlage aus, dem auch Melanchthon beipflichtete. Die Ausführung verlangte noch einige Zeit, aber der Fürst war sich nun seines Zieles bewußt. Sein vertrauter Freund, Friedrich von Heideck, förderte diese Gedanken. Vorerst lenkte er seine Aufmerksamkeit auf die Umwandlung der innern Zustände. Es war für den friedlichen Verlauf derselben von außerordentlicher Wichtigkeit, daß der bedeutendste Bischof des Landes, Georg von Polenz, Bischof auf Samland, ein ehrwürdiger Mann, sich dem Evangelium geneigt zeigte, so daß er, wie Luther von ihm schreibt, nicht blos das Wort freudig annahm, sondern mit seiner ganzen bischöflichen Autorität vertrat. Luther widmete ihm aus hoher Freude hierüber seine Erklärung des fünften Buch Mosis und bezeugte in der Vorrede dazu von ihm: Gleichwie ein Hirte nach Amos Wort dem Rachen des Wolfes noch ein Ohrläpplein oder zwei Beine entreißt, so hat er dich einzig und allein unter allen Bischöfen der Erde dem Rachen des Satans entrissen. Der andere Landesbischof, Dr. Erhardt von Queiß, der in diesem Jahre (1523) erst zur bischöflichen Würde in Pomesanien an der Stelle Hiobs von Dobeneck erhoben worden war, erklärte sich zwar nicht so frühe für die Reformation, legte aber doch dem Hochmeister keine Hemmnisse in den Weg. Das Nächste, was nun der Bischof v. Polenz im Einverständnisse mit seinem Fürsten that, war die Berufung tüchtiger evangelischer Prediger; Luther sendete ihnen vorerst auf Heydeck's Begehren zwei, den Dr. Joh. Brismann aus Cottbus, der vorher eine lange Reihe von Jahren als Franziskaner den scholastischen Studien gewidmet hatte und 1522 in Wittenberg Doktor der heiligen Schrift geworden war. Durch die Schriften Luthers hatte er die Verkehrtheit seiner bisherigen Richtung eingesehen und war ein inniger Freund Luthers geworden. Dieser Mann wurde Pfarrer im Kneiphofe, dem Stadttheile Königsbergs, in welchem der von dem Hochmeister, Lothar von Braunschweig, gegründete Dom liegt; damit erhielt er großen Einfluß auf die ganze Stadt und namentlich auch auf den Bischof selbst, so daß Luther schreiben konnte: Er pflegt und bildet den Bischof. Am 27. September 1523 hielt er seine erste Predigt im Dome. Dieser Tag wurde daher auch stets als der Gründungstag der lutherischen Kirche in Preußen gefeiert, und namentlich auch in unserm Jahrhundert festlich begangen. Damals predigte der Bischof Borowski zum Andenken jenes Tages an derselben Stätte, und Professor August Hahn hielt eine Rede im Auditorium der Universität. Der zweite Prediger, welchen Luther nach Königsberg sandte, war Dr. Joh. Amandus aus Pommern, der eine Zeitlang in Holstein gepredigt hatte. Er wurde Pfarrer der Altstadt und hielt den 29. November seine erste Predigt.

Die ersten Früchte dieser evangelischen Gesinnung sehen wir in der Weihnachtspredigt, welche der Bischof in diesem Jahre in ganz evangelischem Sinne hielt und in dem Erlasse, welchen derselbe am 18. Januar 1524 ergehen ließ, daß von nun an in deutscher Sprache getauft würde. Wir ermahnen euch alle in Christo, schreibt er, nach der Macht, die uns der HErr zur Erbauung und nicht zur Zerstörung gegeben hat, daß ihr in euern Predigten die göttlichen Verheißungen und die Kraft der Taufe dem Volke genau erläutert und oftmals einschärfet und dann unter den Deutschen auch deutsch taufet. So wird das Wort in das Herz dringen. Auch für die Gemeinden anderer Zunge werde ich sorgen, daß sie eine christliche Reformation erhalten. Und damit ihr eine Anleitung für die Heilige Schrift habt, so leset die Schriften Luthers. Ihr werdet großen Gewinn davon haben. Die Gnade des HErrn sei mit euch Allen. Amen.

Von einem Widerstande der Landesgeistlichkeit hört man nichts, vielmehr ging das Alles im Ganzen nach dem schönen Ideale vor sich, das Luther im Herzen trug; von oben gingen die Anordnungen im evangelischen Sinne aus, und in schönster Einmüthigkeit und geregeltster Ordnung wurde Alles vollzogen. Königsberg wurde die Stadt, die auf dem Berge liegt, welche weithin im freundlichen Sonnenstrahle in das Land leuchtet. Der Zulauf zu den Predigten war so stark, wie er seit Menschengedenken nicht gewesen war. Eine Hauptsache blieb indeß immer noch, tüchtige Kräfte in's Land zu bringen, und so wendete sich denn der Hochmeister auf's Neue an Luther, um auch einen geeigneten Hofprediger zu erhalten. Albrecht, der sich damals wieder auf dem Reichstage in Nürnberg aufhielt, schrieb an Pfingsten 1524 an den Bischof über den glücklichen Erfolg seines Begehrens. Es wird, heißt es in diesem Briefe, Ew. Liebden der würdige, achtbare, hochgelahrte und geistliche, unser lieber andächtiger und getreuer Paulus Speratus, den wir zu unserm Diener und für einen Prediger und Verkündiger des Wortes Gottes im Schlosse aufgenommen, zukommen. Dem haben wir sonderlich Befehl gegeben, den Aufruhr der Geistlichkeit halben etwas schicklich durch Predigen bei dem gemeinen Manne abzustellen. So sahen wir also auch hier seine Gabe der Popularität hervorgehoben. Er war der Mann, der durch gediegene Bildung, wie durch seine herzgewinnende Weise gleich geeignet für sein Amt bei Hofe, wie für die Wirksamkeit unter dem Volke war, das sich durch Amandus zu unordentlichem Wesen hatte fortreißen lassen. Daher befahl auch Albrecht, ihm alles Nöthige darzureichen und Alles zu thun, um ihn zum Bleiben zu bestimmen. Die Ankunft des Speratus verzögerte sich einige Wochen, daher schrieb der Herzog unterm 13. Juni auf's Neue, er habe ihn nun abgefertigt, damit er als sein Schloßprediger in Königsberg wirke „der tröstlichen Hoffnung, daß er nichts Anders, denn das heilige Evangelium und dasjenige, so zur Seligkeit der Seelen dienstlich ist, lehren soll." Da er mit seiner Gattin aufzog, sollte ihm im Schlosse, aus dem die Ordensritter ausgezogen waren, freie Wohnung eingeräumt werden. So zog also im Juli dieses Jahres Speratus in Gottes Namen wieder gen Osten in das Land, das von nun an bis an sein Ende die Stätte seiner Wirksamkeit und auch die Stätte seiner Ruhe bis zum großen Tage der Auferstehung werden sollte. Luther gab ihm einen Geleitsbrief an Brismann vom 6. Juli. Er schreibt: „Es kommt hier Paulus Speratus als Gehilfe zu euch. Den befehle ich euch auf's Beste als Einen, der es werth ist und viel erlitten hat. Dann erwähnt er, wie Albrecht den Speratus als einen Mann erwählet habe, dem er das Vertrauen schenkt, daß er das Volk dahin zu weisen verstehe, daß sein bisheriger Ordensstand ein Zwitter gewesen sei, weder geistlich noch weltlich, damit sie den Hochmeister selbst angingen, diesen Mißstand zu ändern. Zu dieser Wirksamkeit sei viel Besonnenheit, Klugheit und Weisheit nöthig, wozu ihnen Luther Gottes Beistand wünscht. Am 1. August endlich schrieb Albrecht von Schwabach aus, daß er zuversichtlich hoffe, Speratus sei nun angelangt.

Aus dieser urkundlich verbrieften Zeit seines Aufzuges in Königsberg geht die Grundlosigkeit einer Anklage hervor, welche später papistische Chronisten gegen ihn schleuderten. Sie berichten nämlich, der Pöbel habe am Dienstag nach Invocavit auf Anstiften des Speratus die Bilder in der Domkirche zertrümmert. Da er aber damals noch in Wittenberg lebte und auch später nie im Dome wirkte, so zeigt sich die Grundlosigkeit dieser Anklage wenigstens für seine Person von selbst. Zudem theilten alle Schüler Luthers seine Ansicht, die er am 5. Mai 1525 nach Danzig schreibt: Ist etwas zu ändern oder zu brechen, es seien Bilder oder was es sei, daß solches nicht durch den gemeinen Mann, sondern durch ordentliche Gewalt des Raths geschehe. Sie mag ihren Ursprung in dem Umstande haben, daß am Osterdienstage auf Anregung des Amandus die überflüssigen Altäre aus einer Klosterkirche geschafft wurden und dabei Unordnungen vorfielen.

Als nun Speratus in Königsberg eingetroffen war, trat er in den innigsten Bund mit den evangelischen Predigern, welche sich unter dem Schutze des Bischofs thätig für die Durchführung der Reformation erwiesen. Es herrscht der schönste Friede zwischen diesen Männern, welche aus den verschiedensten Gegenden sich dort zusammengefunden hatten, in löblichem Gegensatze gegen eine spätere Zeit, da die beklagenswertesten Streitigkeiten Statt fanden. Nur Ein Gedanke beherrschte Alle, nicht die eigene Ehre, sondern das Heil der Seelen und die Verbreitung des reinen Wortes zu suchen. So kann man es denn als gemeinsamen Beschluß annehmen, als am Sonntage vor Michaelis in der Altstadt die Messe durch Amandus zuerst und dann am folgenden Sonntage auch im Dome deutsch gesungen wurde. Am Oster- und Pfingstfeste predigte der Bischof selbst, wie er denn in seiner letzten Weihnachtspredigt gesagt hatte, daß er es wohl als seine Pflicht ansehe, ihnen jederzeit selbst zu predigen, daß er aber durch mancherlei Verhältnisse gehindert sei. Brismann versehe daher seine Stelle; ihm und den übrigen Geistlichen, die sich von Menschentand fern hielten, sollten sie daher treu ergeben sein.

Wie nun der Bischof Georg von Polenz der treue Freund Albrechts, der Förderer seiner kirchlichen Gedanken und allerdings auch Regent in Albrechts Abwesenheit war, so war Erhard v. Queiß, der Bischof von Pomesanien, die Seele seiner politischen Verhandlungen. Noch im Jahre 1524 trug sich Albrecht mit dem Plane, dem polnischen Könige, seinem eignen Oheim, die Huldigung zu verweigern, und weil von Deutschland verlassen, nun mit eignen Mitteln den Krieg zu beginnen. Da war es eben dieser Queiß, der dem

Hochmeister die Verwendung der Klosterschätze anrieth, und sein Vertrauter, der ehemalige Canonicus in Bamberg, Herr von Heideck, stimmte diesem bei. Eine so entschiedene Erklärung für die Reformation wie bei Polenz darf man jedoch darin nicht finden; denn nirgends ist bei Luther von jenem Bischofe die Rede; es war eine rein politische Handlung.

Eines solchen klugen Mannes aber bedurfte Albrecht auch sehr nothwendig, denn das nun folgende Jahr sollte für seine politische Stellung, ja für die ganze Zukunft Preußens von ungeheurer Wichtigkeit werden. Es war nämlich nun jener oben erwähnte Plan des Hochmeisters zur Reife gediehen, freilich nur durch die in dem Drange der Verhältnisse sich offenbarende Fügung Gottes. Albrecht entschloß sich, den ganzen Orden aufzuheben und damit zugleich sich entschieden für die Reformation zu erklären. Wie wichtig war also diese Entscheidung für die neuberufenen Prediger; wie mochte Speratus das im Gebete vor Gott auf seinem Herzen tragen. Denn so lange Albrecht sich auf die Hilfe des Kaisers verwiesen sah, mochte er keine öffentliche Gutheißung der Reformation aussprechen, ja er glaubte, wenn auch nur zum Scheine, unterm 8. Nov. 1524 alle bisher geschehenen Schritte seines trefflichen Bischofes verwerfen und verlangen zu müssen, daß die eingeführten „gottlosen" Gebräuche wieder abgeschafft würden. Die Polen hatten auf dem Reichstage von Petrikau entschieden sich dahin ausgesprochen, daß der Hochmeister entweder huldigen, oder sammt dem Orden aus Preußen verjagt werden müsse. Albrecht sah ein, daß seine Macht zu gering sei, daß er Preußen von Polen als Lehen annehmen müsse, aber sollte er diesen schweren Schritt thun, so wollte er ihn auch nicht ohne entsprechenden Gewinn thun. Seine beiden Verwandten, Markgraf Georg von Brandenburg und Friedrich von Liegnitz mußten den polnischen König dafür zu gewinnen. Dieser freute sich, seinen Verwandten zum dauernden Herrscher in seiner ganzen Linie bestätigen zu können. Am 10. April geschah die feierliche Belehnung zu Krakau, welcher sämmtliche polnische Bischöfe beiwohnten. Albrecht leistete den Huldigungseid, ohne daß darin die übliche Anrufung der Heiligen vorkam. Die Stimmen, welche sich im polnischen Reichsrathe für die Interessen der katholischen Kirche erhoben, wurden durch diejenigen übertönt, welche es als den höchsten Vortheil priesen, daß der Orden in sich selbst zerfalle. Die Herren Preußens waren nun evangelisch; von den Ordensrittern zeigte sich nur Erich von Braunschweig widerspänstig; er sah sich indeß später zur Nachgiebigkeit genöthigt. Es gewährt ein eigenthümliches Interesse, zu sehen, wie sich nun der katholische König Siegmund I. von Polen gegen den Papst vertheidigte. Er läßt durch seinen Gesandten demselben erklären: „Ueber Religion haben wir gar nichts verhandelt, theils weil es nicht in unserm Interesse lag, theils weil wir nicht die Gründer des Ordens waren, theils endlich, weil es ohnehin in diesem ganzen Gebiete bereits um die katholische Kirche geschehen ist." Es lehren also diese Worte, wie rasch das Evangelium in Preußen seine Siege feierte, wie man in der That von einem Widerstande, von einer Begeisterung für das bisherige Kirchenwesen hier gar nicht reden kann. Still und ruhig war im Ganzen das Werk unter dem Schutze des edlen v. Polenz vor sich gegangen. Preußen mußte für Speratus, der bisher nur durch Kampf und Streit gedrungen war, als eine liebliche Ruhestätte, als eine köstliche Oase nach langem Wüstenwege erscheinen.

Es war ein Freudentag für die ganze Bevölkerung Preußens, vor Allem aber natürlich für die Zeugen des Evangeliums, welche an der Erstrebung dieses Ziels mitgearbeitet hatten, da nun Albrecht als erblicher, neu belehnter Herzog am 9. Mai nach fast dreijähriger Abwesenheit in seine Hauptstadt einzog. Das ganze Volk bezeugte durch seine freudige Theilnahme, daß er im Sinne desselben gehandelt habe. Die Glocken läuteten, an der Spitze einer feierlichen Versammlung begrüßte ihn ein evangelischer Prediger mit einer festlichen Rede, die Häuser prangten in Blumen und Teppichen. Es war der Jubel eines Volkes, das seinem neuen und doch altbekannten Fürsten mit Freuden zujauchzt. Darauf berief Albrecht auf Freitag nach Himmelfahrt, 28. Mai, alle seine Stände und gab ihnen über das Geschehene Rechenschaft; sie bestätigten den Krakauer Vertrag und leisteten am folgenden Sonntage die Huldigung. Der Bischof G. v. Polenz zeigte hier wieder seine ächt evangelische Gesinnung. Freiwillig und ohne die mindeste Aufforderung trat er auf und übergab dem Herzog seine weltliche Gewalt; denn das Amt der Bischöfe sei der Dienst am Worte Gottes, und nach christlicher Ordnung und evangelischer Freiheit gebühre es einem Bischofe nicht, so viel Herrlichkeit zu haben. Schweigend stand der Bischof von Pomesanien zur Seite, ihm lehrte weltliche Klugheit und irdischer Vortheil Warten. Er verzichtete vorläufig nicht, und sein Fürst hatte zu viel Achtung vor dem überkommenen Rechte, als daß er ihn gezwungen hätte. Doch entschied sich Queiß, wie aus einem spätern Erlasse des Herzogs zu schließen ist, im Jahre 1527 dafür, ebenfalls seine weltliche Macht niederzulegen.

Voll Dankes gegen Gott berichteten Speratus und seine Freunde das Vorgefallene an die Wittenberger, und Luther schrieb daher am 26. Mai 1525 an den neuen Herzog. Durchlauchtiger, Hochgeborner Fürst! Daß E. F. G. Gott der Allmächtige so zu solchem Stand gnädiglich und wunderlich geholfen hat, bin ich hoch erfreut, und wünsche fürder, daß derselbige barmherzige Gott solche angefangene Güte an E. F. G. vollführe zu seligem Ende, auch des ganzen Landes Nutz und Frommen. Amen.

Nachdem Albrecht durch diesen wichtigen entscheidenden Schritt sein Land in der That schon evangelisch gemacht hatte, galt es nun auch durch eine öffentliche Erklärung sich dafür zu entscheiden. Er that dies in einem Edikte vom 6. Juli. Weiter war es nöthig, die wichtigsten Einrichtungen zu treffen, um das kirchliche Wohl und die Ordnung in den Gemeinden zu fördern, und es ist natürlich, daß Speratus, sein Hofprediger, hiebei eine hervorragende Stelle einnahm. Im Dezember dieses Jahres noch legten die beiden Bischöfe eine neue Agende „Artikel der Cerimonien und Kirchenordnung" die sie mit den hervorragendsten evangelischen Predigern berathen hatten, den Landständen vor; sie wurde genehmigt und im folgenden Jahre eingeführt. In der Liturgie entschied man sich nach Luthers Vorgang für eine an das Alte so viel möglich anlehnende Weise; einige lateinische Stücke sollten wegen der undeutschen Bevölkerung bleiben; die Predigt hingegen sollte deutsch sein, doch so treulich nahm man sich auch dieses Theiles der Gemeindeglieder an, daß in den Kirchen, in denen nichtdeutsche Zuhörer waren, sogenannte Tolken oder Dolmetscher auf Nebenkanzeln standen, welche jede Periode in die betreffende Sprache übersetzten; ja sogar in Königsberg selbst war an hohen Festtagen ein solcher Tolke aufgestellt. Außerdem wurden einzelne Fälle der Kirchenzucht festgestellt, und jährliche Kirchen-Visitationen angeordnet. In ganz ähnlicher Weise wie in andern deutschevangelischen Landen wurden die leer geworden Klöster in Spitäler verwandelt, Schulen gegründet, die Bildung der Geistlichen gefördert. Albrecht ließ 200 Exemplare der Sommer-

Postille Luthers und eben so viele von der Winter-Postille kommen, um sie an die Prediger des Landes zu vertheilen. Ja Lukas Kranach hatte den Auftrag vom Herzog, ihm alle lesenswürdigen Bücher zu übersenden.

Bei all diesen Vorkehrungen des Herzogs bediente er sich auch des Rathes seines Schloßpredigers und bewies ihm sein Vertrauen namentlich auch dadurch, daß er ihm nebst dem ehemaligen Ordensritter Adrian von Waiblingen die neuen Einrichtungen der Parochieen übertrug, wozu ihm die Vollmacht des Herzogs und des Bischofs von Samland als obersten Kanzlers unterm 31. März 1526 zugestellt wurde. Es war eine mühsame und die Kräfte des umsichtigen Mannes in vollem Maße in Anspruch nehmende Arbeit, denn sie hatten das ganze Land zu bereisen, überall die Kirchensprengel gründlich abzugränzen und die Einkünfte der Geistlichen, so wie die Zehnten und Lasten der Kirchenglieder genau zu bestimmen. Der Abzug des D. Amandus aus Preußen, dessen Pfarrstelle in der Altstadt dann der Liederdichter Poliander erhielt, hatte ihn früher bewogen, eine zeitlang dessen Stelle zu verwesen, während sein Fürst abwesend war und im Schlosse keine Predigten Statt fanden. So lieblich und in guter Ordnung ging hier Alles von Statten, daß Luther mit Freuden öfters darauf hinwies und namentlich den Verwandten Albrechts, den Erzbischof von Mainz, mahnte, er sollte dieses Beispiel nachahmen. "Wie gar fein, schreibt er, und gnädig hat Gott solche Aenderung geschickt, die vor 10 Jahren weder zu hoffen, noch zu glauben gewesen wäre, wenn gleich zehn Jesaias oder Paulus solches verkündigt hätten. Aber weil Albrecht dem Evangelio Raum und Ehre gab, hat es ihm wieder viel mehr Raum und Ehre gegeben, mehr denn er hätte wünschen dürfen." Doch nicht allein auf diese Aenderung hatte es Luther abgesehen; er sah die Krone derselben nur in der Verehelichung dieses deutschen Fürsten. Daher schreibt er an den Erzbischof: "Auf solche tröstliche Verheißung wage es E. Kurfl. G. frisch heraus aus dem lästerlichen und unchristlichen Stande in den seligen und göttlichen Stand der Ehe. Da wird sich Gott gnädiglich finden lassen.

Solche Gedanken Luthers theilte entschieden der Bischof G. v. Polenz, und ging daher den Uebrigen auch hierin als der gute Hirte voran. Er vermählte sich am 8. Juni mit Catharina, der Tochter des Conrad Truchseß von Wetzhausen in Franken und auch Speratus schloß sich aus ganzem Herzen an. Er hatte ja selbst seit vielen Jahren den Segen des Ehestandes erfahren, und eine treue, wahrhaft aufopfernde Gattin war ihm durch Kreuz und Verfolgung in innigster Liebe überall hin gefolgt. So hielt er es nun für seine Aufgabe, auch bei dem Herzoge jene Ueberzeugung zu wirken, welche Luther in obigem Briefe dem Erzbischofe predigt. „Nun ist's ja Gottes Werk und Wille, daß ein Mann soll ein Weib haben. 1 Mos. 2, 18. Wo Gott nun nicht Wunder thut und aus einem Mann einen Engel macht, kann ich nicht sehen, wie er ohne Gottes Zorn und Ungnade allein und ohne Weib bleiben möge." Der Herzog gehorchte diesen Mahnungen und vermählte sich am Johannistage 1526 nach evangelischem Rituale zufolge des ausdrücklichen Begehrens des Bischofes mit der dänischen Prinzessin Dorothea, der Schwester des spätern Königs Friedrich, welcher ebenfalls sich für das Evangelium entschied, so daß die nordischen Reiche eine geschlossene Einheit für die Vertheidigung der Wahrheit bildeten. Zur Hochzeit lud der Herzog auch Luther ein, der aber am Kommen verhindert war. Auch sein Bischof Georg von Polenz folgte ihm in zweiter Ehe nach, da seine erste Gattin im Wochenbette starb und ihm ein Mägdlein Dorothea hinterließ. Er verlobte sich am 29. Febr. 1527 mit der Tochter des verstorbenen fränkischen Freiherrn Conrad v. Heydeck, Namens Anna, welche früher in dem Kloster zum hl. Grabe mit ihrer Schwester Nonne gewesen war, allein bei der großen reformatorischen Bewegung in Bamberg das Kloster verlassen hatte. Sie schenkte ihm in einem Sohne, Theophilus, den Erben seines Geschlechtes und seiner Güter, mit denen ihn der Herzog belehnt hatte. Sein Geschlecht blüht noch in Segen. Wie in öffentlichen Angelegenheiten hatte Speratus auch in häuslichen Verhältnissen stets das Vertrauen des Herzogs und nun auch seiner Gemahlin, welche allmählich unter seiner Leitung eine eben so starke evangelische Ueberzeugung entfaltete, und in allen Verhältnissen ein festes Trauen und Glauben an unsern einigen Heiland offenbarte. Ihr Gemahl gab ihr das schöne Lob: Wäre sie eine arme Dienstmagd gewesen, so würde sie sich nicht demüthiger und getreuer in unwandelbarer Liebe gegen ihn Unwürdigen haben verhalten können.

Neben seinen Amtsgeschäften behielt Speratus doch auch immer noch Lust und Freudigkeit zu gelehrten Arbeiten. Er gab im Jahre 1527 die Auslegung der Offenbarung Johannis des Engländers Purvey heraus, der deshalb, weil er die babylonische Hure auf das Papstthum deutete, zwei Mal gefangen gesetzt war. Er hatte dieses Buch durch Vermittelung des Thomas Saghem aus Litthauen erhalten, übersetzte es und Luther ließ es dann in Wittenberg 1528 drucken. Unstreitig machte eben dies das Buch ihm so anziehend, weil es gegen das Papstthum gerichtet war. Aus gleichem Grunde gab er auch bald darauf die Gesichte des Bruders Claus in der Schweiz heraus, welche Carl Bovillus im Jahre 1508 in einem Briefe an Nicolaus Horius, Bischof zu Rheims, beschrieben hatte. Er sah sie bei seinem Freund Brismann, als dieser dem Rufe aus Riga folgend dorthin im October 1527 abzog, und fühlte sogleich den Drang in sich, sie in weiterem Kreise zu verbreiten, damit man nicht glaube, sie hätten allein und zuerst in dieser Zeit die Gebrechen der Kirche gesehen, sondern daß auch schon vor Jahren tiefe Blicke dahinein geschehen seien. „Denn die stark sind, loben weder Neues noch Altes ohne das Wort Gottes, sondern glauben allein dem Worte ohne und wider Alles. Als er diese Schrift Luther übersendete, schrieb ihm dieser: „Fürwahr Christus gibt dem Papstthume viele Zeichen, aber sie haben eine eherne Stirne und eisernen Nacken gewonnen. Jes. 48, 4. Es ist mit dem Antichrist auf die Hefe gekommen und Christus will sein ein Ende machen. Demnach schicken wir euch den Bruder Clausen wieder (mit einer Deutung des Gesichts), daß ihr ihn zu den Andern sammelt, die auch Mitzeugen sind Christi wider den Entchrist."

Das Jahr 1529 brachte eine schwere Zeit über Preußen. Eine verheerende Krankheit, der englische Schweiß genannt, brach über das Land herein und raffte über 30,000 Menschen hinweg. Es war für treue Seelsorger eine Zeit großer Mühen. Auch der Bischof von Pomesanien, Erhard Queiß, wurde eine Beute derselben. Sein Tod wurde für Speratus bedeutungsvoll; der Herzog erkannte in ihm den tüchtigsten Mann, welchen er jenem zum Nachfolger geben konnte. Queiß hatte in Folge der Einwirkung seines Herzogs und des Bischofes von Samland sich ebenfalls zur Niederlegung seiner weltlichen Macht entschieden und sich wahrscheinlich um das Jahr 1527 mit der Tochter des Herzogs von Troppau vermählt, scheint jedoch keine Leibeserben hinterlassen zu haben. Nur kurze Zeit war es ihm vergönnt gewesen, das Amt eines evangelischen Bischofs zu führen. Auch Herzog Albrecht selbst ward an den Rand des Grabes gebracht, und so tiefen Eindruck hatte der Schrecken dieser Krankheit und die in den vorhergehenden Jahren herrschende Theuerung gemacht, daß es manche ängstliche Gemüther gab, welche dies für eine Strafe der Abkehr vom Katholizismus hielten, so daß es der ernstesten Belehrung und Unterweisung bedurfte.

Achtes Kapitel.
Speratus wird Bischof in Pomesanien.

> „Darum werden wir nicht müde, sondern ob unser äußerlicher Mensch verweset, so wird doch der innerliche von Tag zu Tag verneuert. 2 Cor. 4, 16.

Speratus war nun zu einer Stellung vorgerückt, welche nach gewöhnlichem menschlichen Urtheil als das glänzende Ziel des Ehrgeizes für einen Diener der Kirche bezeichnet werden möchte. Er war Bischof eines bedeutenden Sprengels geworden; er stand in kirchlichen Dingen völlig unabhängig da, er hatte nur seinem Fürsten zu gehorchen; allein, wie das in der Natur der Sache liegt, in kirchlichen Dingen waren die Bischöfe vielmehr Leiter des Fürsten. So möchte sein jetziges Amt vielleicht als ein beneidenswerthes erschienen sein, und in einer gewissen Beziehung war das auch der Fall, denn ein Bischofsamt ist, wie der Apostel sagt, ein köstliches Werk; aber in jener Beziehung läßt sich dies nicht sagen, welche gewöhnlich vorausgesetzt wird. Sein Leben kam nicht zur Ruhe, Freiheit von Sorgen, Behaglichkeit und Glanz, sondern es ging nur tiefer in ein Meer von Sorgen hinein. Wir werden das aus dem Folgenden entnehmen.

Zunächst brachte die Stellung seines Fürsten und Herrn zu seinem deutschen Vaterlande ihm schwere Sorge. Es handelte sich um nichts Geringeres, als um die Vernichtung der erst im Erstarken begriffenen evangelischen Kirche des Landes. Speratus, der nun als Bischof das Wohl der gesammten Landeskirche auf dem Herzen trug, mußte diesen bedenklichen Zustand doppelt schwer empfinden. Er fühlte, daß er mit der zunehmenden Tiefe der Sorgen auch immer tiefer in das Lebensmeer des Gebetes eintreten müſſe. So führt der HErr die Seinen durch die Mühen der Zeit in die Ruhe, welche das Verſenken in das ewige Leben und ſeine Heilskräfte bietet.

Albrecht hatte allerdings dadurch, daß er ſein Land, welches deutſches Gebiet ſein wollte und worauf der Kaiſer Anſpruch machte, durch Anerkennung der polniſchen Oberlehnsherrlichkeit dem deutſchen Reiche entzog, den Kaiſer ſehr gekränkt. Allein er hatte dies aus Noth gethan, weil das deutſche Reich ihn verließ, und mit Weisheit gethan, weil er eben dadurch das deutſche Weſen in ſeinem Lande nun ungeſtört kräftigen konnte, während das übrige preußiſche Ordensgebiet mehr und mehr von polniſchem Weſen durchdrungen wurde. Er konnte ſich zum Troſte ſagen, daß keiner ſeiner Vorfahren ſo viel gethan hatte, um das Land beim deutſchen Reiche zu erhalten, daß er ſelbſt ſeine ſo nahe Verwandtſchaft zum polniſchen Könige, der ſein Oheim war, hintanſetzte, daß er jeden Reichstag mit Bitten um Hilfe beſtürmte, daß er nicht nur ſein Volk hatte ausſaugen, ſondern auch die Kirchenſchätze verwenden müſſen. Das war die Beruhigung ſeines Gewiſſens. Wenn aber nun am 6. Juli 1530 der Kaiſer einen Andern, Walther von Kronberg, an ſeiner Stelle zum Hochmeiſter erkor, wenn er am 14. Oktober an Albrecht den Befehl ergehen ließ, ſeine dem Orden widerrechtlich entzogenen Lande demſelben zurückzugeben; wenn er ihn nach ſeiner Weigerung am 19. Januar 1531 ſogar in die Acht erklärte: ſo war das für ihn eine höchſt bedenkliche Sache. Denn der Kaiſer ſtand damals auf dem Gipfel ſeiner Macht, und es war vorauszuſehen, daß, wenn derſelbe mit einem Angriffe Ernſt machte, nicht nur die weltliche Macht des Herzogs, ſondern auch alle kirchlichen Reformen zu Grunde gehen mußten. Viele mächtige Verwandte des Herzogs ſuchten den Zorn des Kaiſers zu mildern; aber dieſe Fürſprache allein hätte den Geächteten nicht gerettet, wenn nicht Gottes Fürſorge die Nebel ſeiner Sorgen und die Aengſte ſeiner Getreuen zerſtreut hätte. Der Kaiſer ſprach ihn nicht von der Acht los, aber anderweitige Geſchäfte hinderten ihn, ſeine Drohungen auszuführen. So fiel alſo gerade der Anfang der biſchöflichen Thätigkeit des Speratus in eine bedrohliche Zeit. Das Wohl des Vaterlandes und der Kirche ſtand ihm am höchſten; die Sorge hiefür war ihm alſo allerdings die ſchwerſte.

Aber auch in andrer Beziehung erwachten ihm ſchwere Sorgen, wenn sie auch gegen jene mehr untergeordneter Natur waren. Speratus war durch die Gnade seines Fürsten und Herrn zu der hohen Stellung eines Bischofs berufen worden und fühlte sich ihm daher zum innigsten Danke verpflichtet, — eine heilige Pflicht, welche am allerwenigsten der so edle und milde Speratus verletzen wollte. Allein andrerseits war er eben durch den Ruf zu diesem Amte verpflichtet, die Rechte desselben zu wahren und zu befestigen. Nun aber hatten allerdings die beiden Bischöfe, als sie dem Herzoge ihre weltliche Gewalt abtraten, im ersten Eifer und dem Vertrauen, das der Edelmuth verleiht, vergessen, die dauernden Rechte ihrer Stellen festsetzen zu lassen. Nun stellten sich bei der Neubesetzung des Bisthums von Pomesanien alle Uebelstände der rein persönlichen Verhandlungen heraus. Erhard von Queiß hatte bei Niederlegung seiner Stelle gewisse Rechte für seine Person und Familie, aber nicht für sein Amt und seine Amtsnachfolger erhalten. So kam es, daß Albrecht sogar eine Zeitlang daran dachte, dieses Bisthum gar nicht mehr zu besetzen; doch mancherlei Rücksichten hielten ihn damals noch davon ab. Speratus ward noch im Jahre 1529 zum Bischof erwählt. Allein seine Einkünfte waren äußerst gering und keineswegs der Würde seines Amtes entsprechend. Er wandte sich bittend an den Herzog, allein dieser, dessen Mittel durch den polnischen Krieg und die mancherlei neuen Staatsordnungen ohnehin sehr in Anspruch genommen waren, that nichts Erhebliches. Seine Bedrängniß muß groß gewesen sein. Privatvermögen hatte er nicht. So wandte er sich endlich an seinen Amtsgenossen, den ehrwürdigen Bischof von Polenz. Dieser schrieb äußerst theilnehmend für ihn an den Herzog und erklärte geradezu: Das Gemüth des von Pomesan stehet endlich darauf, wenn ihm seine Beschwerung nicht geändert, sein Gehalt nicht gebessert wird, müsse er sich aus dem Lande begeben und seinen Unterhalt anderswo suchen. Der Herzog gewährte jetzt für den Augenblick Hilfe, allein zu einer dauernden Bestimmung kam es erst im Jahre 1542. Dem Bischof von Pomesanien wurde die Stadt Marienwerder als Residenz angewiesen; seine Besoldung sollte in 1000 Mark bestehen, wozu noch einige Naturallieferungen kamen. Doch hören wir auch aus späterer Zeit noch Klagen. Am 3. August 1543 schreibt er seinem Fürsten, er habe vorläufig den Türkenpfennig behalten, um seine dringendsten Bedürfnisse zu decken. Am 4. Juni 1549 bittet er um die Erlaubniß, seine Grundstücke verpfänden zu dürfen, um Geld aufnehmen zu können. Der Herzog schenkte ihm später die erforderliche Summe. Es war also seine Stellung auch in dieser Beziehung keine sorgenfreie. Es sollte ihm sein ganzes Leben hindurch die ernste Wahrheit nahe gelegt werden, daß wir durch viele Trübsale ins Reich Gottes eingehen müssen.

Eine tröstliche Beigabe war es indeß, daß er den ehrwürdigen und ihm längst befreundeten Bischof Georg von Polenz zum Amtsgenossen hatte. Dieser ein durch und durch edler und milder Mann, ein aufrichtiger Freund des Evangeliums, voll wahrer Demuth und ernster Hingebung an das Wort Gottes, ein wahrhafter Freund seines Fürsten in guten, wie in bösen Tagen, hatte keine Gefahr um des Evangeliums willen gescheut, hatte die Drohungen des Papstes nicht geachtet und sich männlich und edel in allen seinen Handlungen, aufrichtig und wahrhaft in seiner Freundschaft gezeigt. Er war seiner Abstammung nach ein Sachse oder Schlesier und ein Jugendfreund des Herzogs Albrecht, der ihn auch im Jahre 1519 zum Bischof von Samland vorgeschlagen hatte. Da nun Speratus 5 Jahre lang in Königsberg mit ihm zusammen gewirkt hatte und stets in einem Sinn und Geist mit ihm zusammen gestanden war: so ward es beiden leicht, nun auch in ächt brüderlichem Sinn das Wohl der ihnen anvertrauten Kirche zu wahren. Beide Männer waren echt christliche Charaktere; so wirkten sie in Segen in der schweren Zeit, da es galt, alle Formen des kirchlichen Lebens erst neu zu gestalten. Wie sehr beide auch in ihrer Ueberzeugung übereinstimmten, davon seien etliche Stellen Zeugniß, die wir aus der Weihnachtspredigt des edeln Samländischen Bischofes entnehmen: „Du hast, sagt er, in der Taufe so viel gelobet, daß du dein Leben lang genug zu thun hast und bedarfst nicht außer dem gemeinen christlichen Stand noch einen besondern Stand, weil du vorhin geistlich bist, so du ein Christmensch bist. — Aller Irrthum kommt daher, daß man nicht gründlich erkennen will, wozu uns Christus geboren ist; denn er allein ist der Heiland. Es kann uns weder St. Catharina noch St. Anna selig machen, es muß allein durch Christum geschehen. Apg. 4. Darum werft ab alle Zuversicht auf die verstorbenen Heiligen. Gott will, daß wir zu ihm allein unser Vertrauen haben sollen. — Ich will mit göttlicher Hilfe über dem Worte Gottes und dem Evangelio halten, sollt ich gleich Leib und Leben, Gut und Ehre und Alles, was ich daran zu setzen habe, hergeben: mir ist etwas mehr daran gelegen, denn also viel." So predigte der edle Mann seiner Gemeinde und bekennt demüthig, daß er früher selbst geirrt habe. Beide Männer waren auch in ihren Lebenserfahrungen eins, sofern sie beide als Jünglinge in Italien studirt und dort das römische Treiben kennen gelernt hatten.

Das Land Preußen, soweit es damals zum Herzogthum gehörte, war in diese beiden Bisthümer, Samland und Pomesanien, getheilt; denn die früher noch dazu gehörigen Bisthümer Kulm und Ermeland waren an Polen gefallen, und nur ein kleiner Theil des letzteren Bisthums war bei Preußen geblieben, das sogenannte Walangen mit den Städten Friedland und Eylau. In Ermeland war damals Moritz Bischof, ein eifriger Papist, der im Jahre 1525 mit dem Comthur von Bartenstein Albrecht zu stürzen trachtete. In Samland war Königsberg der Sitz des Bischofs und Fischhausen mußte dem Bischofe Naturalbezüge liefern; in Pomesanien war Marienwerder der bischöfliche Sitz, eine Stadt von etwa 7000 Einwohnern, deren Schloß, ein altes, weitläufiges Gebäude weiland Sitz eines Großgebietigers des Ordens gewesen war, nun aber Speratus zur Wohnung zugetheilt wurde. Die Domkirche daselbst, ein bedeutender Bau aus dem Jahre 1255, war die Stätte, an der der evangelische Bischof das Wort des Lebens seiner Gemeinde verkündigte. Eine fruchtbare Niederung zieht sich von dort 6 Quadratmeilen groß bis zur Weichsel und an derselben hinab. Das war die Stadt, in der nun Speratus den Rest seines Lebens hinbrachte, wo er unter treuer Fürsorge für seine Gemeinden, unter herzlicher Fürbitte für sie alle seine Pilgerlaufbahn abschloß. Es waren ihm oft harte Kampfestage. Wir vernehmen es aus seinen Worten, wenn der 47 Jahre alte Mann unterm 8. Juli 1531 schreibt: Ich trage einen schwachen Körper mit mir herum und meine häuslichen Angelegenheiten beängstigen mich, so daß ich armer Mann mich diesem nicht ganz entwinden kann, und im Jahre 1530 in einem Briefe an seinen Freund Brismann: Ich bin jetzt in einem Amte, das äußerst mühereich ist. Mich ängstet die Sorge um die mir anvertrauten Gemeinden; so daß ich meinem Amte in meinem Alter kaum mehr gewachsen bin. Ich zöge es vor, als Privatmann zu leben, wenn es anginge.

Und in der That drängten sich in jener bewegten Zeit, in diesem Lande, wo es galt, fast lauter neue Ordnungen zu gründen, die Geschäfte in einem die Kraft eines Mannes fast erschöpfenden Maße. Das erste Jahr seiner bischöflichen Verwaltung fiel in das Jahr 1530; da Alles, was zur evangelischen Kirche gehörte, mit Spannung dem Ausgange des Augsburger Reichstages entgegen sah. Im Winter dieses Jahres fand (am 16. Febr.) eine Landessynode Statt, auf welcher die Kirchenordnung von 1525 durchgesehen und verbessert wurde. Zuvor hatten die beiden Bischöfe gemeinsam die Vorlagen ausgearbeitet. Die genehmigten Artikel, unter dem Namen constitutiones synodales bekannt, sind in lateinischer Sprache gedruckt und mit einem deutschen Anhange „von dem, was man glauben soll", sowie mit einer Vorrede des Herzogs und der Bischöfe versehen worden. Es wurde gleichsam das erste symbolische Buch der preußischen Landeskirche. Bald darauf erhielten sie die Augsburger Confession zugeschickt, auf welche die Prediger ebenfalls verpflichtet wurden. Es sollte bei schwerer Strafe die Norm und Regel alles Lehrens sein.

Und diese war dringendes Bedürfniß; denn auch über Preußen sollte die Stunde der Versuchung kommen, in welcher der Herr die Glaubenstreue und demüthige Hingebung an sein heiliges Wort bei den Seinen fast in allen Ländern, in denen das Licht des Evangeliums aufgegangen war, prüfte. Es muß eine wundersame verführerische Macht damals in der Lehre der Wiedertäufer gelegen haben, eine große Empfänglichkeit hiefür in Vieler Herzen. Wir staunen, welche Erfolge sie überall errangen, wir bewundern das Feuer, mit welchem sie ihre Ueberzeugungen vertheidigten, wir ehren den Todesmuth, mit welchem sie in die bittersten Qualen und schauerlichsten Verfolgungen eintraten: aber wir müssen aus Gottes Wort unterrichtet doch ihre Lehre nur als ein Werk des bösen Feindes betrachten, welche das einfache, nüchterne Wort der Wahrheit verdrängen und menschliches Wähnen über die Einfalt des Wortes Gottes setzen wollte.

Die ersten Spuren der Verbreitung der Wiedertäufer in Preußen gehen auf das Jahr 1529 zurück; sie kamen aus Schlesien her und mußten bald großen Einfluß zu gewinnen. Ihre bedeutendsten Prediger waren Fabian Eckel von Liegnitz und Peter Zencker. Sie verkündeten, daß das innere Wort allein, das der Geist Gottes im Herzen erklingen lasse, Leben sei; dieses ließe sich nicht predigen, auch die Apostel hätten das nicht gethan. Das äußere Wort sei nicht das wahre Wort, nur ein

Bild desselben könne es genannt werden. Es sei nur der Wegweiser zu diesem, und habe seine Bedeutung verloren, sobald nun Gott im Herzen sein Wort erschallen lasse. Weithin fanden sie Verbreitung; in den Häusern der Handwerker hörte man sie gern, ja einer der vertrautesten Freunde des Herzogs, der Schwager des Bischofs von Polenz selbst, Friedrich von Heideck, den wir bisher als einen der eifrigsten Förderer der Reformation kennen gelernt haben, trat so entschieden für die neuen Prediger auf, daß er nicht nur ihre Sache öffentlich vertrat, sondern sie überall zu verbreiten suchte. Diese mächtige Förderung war um so bedenklicher, als sich selbst einige bisher treue evangelische Prediger dafür gewinnen ließen. Speratus durchschaute die ganze Gefährlichkeit dieser Richtung; es bekümmerte ihn tief, in seinem eigenen Sprengel diese Meinungen im Wachsen zu sehen. Am 13ten Mai 1531 schrieb er an Peter Zencker und Melchior Kranch: Nicht ohne Grund werden wir auf der demnächstigen Synode zu Rastenburg von Euch Rechenschaft Eures Glaubens fordern, wohin Ihr Euch gehorsam begeben werdet, wie Ihr schon durch unsern Archidiaconus dorthin beschieden seid. Deshalb tragen wir Euch auf, schon zu Hause ein Glaubensbekenntniß zu verfassen, das Ihr uns dann vorlegen werdet, nämlich 1) ob Ihr glaubet, daß das äußerliche Wort Gottes Wort sei, 2) ob im heiligen Abendmahl Brod und Wein Leib und Blut Christi ist, 3) ob die Erbsünde wirkliche Sünde ist und 4) ob Kinder zu taufen sind. Dem Zencker gab er einen Termin von 2 Monaten, um sich zu bedenken, auf welche Seite er treten wolle, verbot ihm jedoch in der Zwischenzeit sein Amt zu verwalten. Der Herzog wollte aus Rücksicht auf die mächtigen Förderer jener Sache und weil er überhaupt in Sachen des Glaubens den Zwang scheute, nicht zu Gewaltmaßregeln schreiten. Er wollte daher den Versuch machen, ob nicht durch eine Disputation die Vertreter dieser Richtung zum Schweigen gebracht werden könnten und zählte dabei hauptsächlich auf Speratus, dessen Gelehrsamkeit und Tüchtigkeit, so wie Eifer für die heilige Sache er kannte. Im December dieses Jahres ließ er nun dieselbe in der Stadt Rastenburg, unweit des Wallfahrtsortes zur heiligen Linde, halten; sie dauerte zwei Tage, blieb aber leider erfolglos. Herzog Albrecht präsidirte selbst; die Disputation führte Speratus gegen den Prediger der Wiedertäufer Eckel; sie betraf hauptsächlich die Lehre vom heiligen Abendmahle.

Die tüchtigsten Theologen waren zugegen. Speratus bot die ganze Kraft seiner Beredsamkeit, den ganzen Ernst seiner Ueberzeugung auf, um die Gegner zu überwinden, allein der Fanatismus derselben war zu groß, als daß Gründe aus Gottes Wort Eindruck auf sie hätten machen sollen. In dem Streite über das heilige Abendmahl hatte es sich namentlich um die Erklärung des 6 Kap. Johannis gehandelt. Albrecht war hierüber zu keiner völligen Ueberzeugung gelangt; deshalb schrieb er an Luther selbst und fragte ihn, in welcher Weise die Wiedertäufer zu behandeln seien. Luther antwortete gegen Ende des Jahres 1532: „Derhalben mahne und bitte ich E. F. G. wolle solche Leute meiden und sie im Lande ja nicht leiden." Indessen waren doch auch mancherlei Gründe vorhanden, nicht allzu inquisitorisch gegen sie zu Werke zu gehen; noch bis gegen das Jahr 1550 lesen wir von Einzelnen, die im Lande wohnten. Speratus aber focht fort und fort mit geistigen Waffen gegen sie; im Jahre 1534 schrieb er eine umfassendere Schrift „ad Batavos vagantes" gegen sie, in der er zugleich mit herzlicher Liebe sie zur Einigkeit der Kirche mahnte. So stritt er mit allem Eifer und Ernste für die Reinheit der Kirche gegen ihre Verderber.

Aber auch nach innen war sein Wirken ein rastloses. Besonders sind hier seine Visitationen hervorzuheben, die er jedes Jahr vornahm. Er mußte, wie viel auf eine persönliche Kenntniß der Geistlichen ankomme, wie wichtig die eigne Anschauung der Gemeindeverhältnisse sei, wie viel ein ernstes Wort zur rechten Zeit wirken könne. Namentlich lag ihm die Gründung von Schulen am Herzen. Der Katechismus sollte in den Herzen der Kinder feste Wurzeln fassen; sie sollten einen Grund reiner Lehre gewinnen, welche sie gegen die Versuchungen der Irrlehre stärkte. Mehr als 300 Exemplare ließ er von Wittenberg kommen und vertheilte sie unter die Pastoren seiner Diözese. Es freuete ihn, von der Jugend die gewaltigen und doch so einfachen Lieder der ersten Reformationszeit singen zu hören; er hatte ja selbst einen so schönen Beitrag dazu geliefert. Und die Lieder ihres Bischofes sangen die Leute mit noch ganz besonderer Freude. Daraus ist wohl auch jene Anekdote zu erklären, die wir oben mittheilten, da ein Bettler aus Preußen das Lied seines Bischofs vor Luthers Fenstern gesungen haben soll. Der Gesang war seine Freude. Deshalb bearbeitete er den Glauben, das Vater Unser und andere Katechismusstücke musikalisch, damit die liebe Jugend es fröhlich sich ins Gedächtniß sänge und nicht mehr darauf vergäße. - Er wirkte so gern und aufopfernd für Andere. Es war ihm ein liebes Wort: Nobis non vivimus, wir leben nicht für uns.

Mehr und mehr säuberte man die noch übrigen Reste des Papstthums, 1537 schaffte man die lateinischen Reste des Gottesdienstes völlig ab und hielt nun Alles deutsch; 1539 wurden die bisherigen Bestimmungen über Heirathen in nahen Verwandtschaftsgraden einer neuen Prüfung unterzogen, und die Bischöfe ließen sich ein Gutachten der beiden bedeutendsten Theologen ihrer Sprengel, Brismann und Poliander, geben, worauf sie besondere Mandate hierüber ergehen ließen, die noch vorhanden sind (Nicolovius) und die sich durchaus auf Gottes Wort stützen. Im Jahre 1540 wurde die Visitationsordnung gebessert, dem Landtage vorgelegt und im folgenden Jahre unter dem Artikel: „Artikel von Erwählung und Unterhaltung der Pfarrer, Kirchenvisitation" 2c. gedruckt. Sie blieb die wesentliche Grundlage für die folgenden Zeiten, nur daß man schon im Jahre 1542 die zweijährigen Visitationen in jährliche verwandelte. In eben in diesem Jahre unternahm der Herzog vom 27. Dezember an in Begleitung seiner Bischöfe und obersten Räthe selbst eine Visitation, die bis Mitte März 1543 dauerte. Da sah auch der Geringste im Volke, wie viel seinem Fürsten an dem geistlichen Wohle seiner Unterthanen lag. So gedieh das Wohl der Kirche in der schönsten Weise.

In all diesem arbeitete und wirkte und sorgte der edle Bischof. Doch größer und herrlicher noch vor Gott sind die Thaten des Gebetes und der treuen Fürsorge des Herzens, welche das Wohl der ganzen Gemeinden wie der Einzelnen auf dem Herzen trägt. Wer mag diese Thaten des treuen Bischofs zählen? Es kennt sie allein der Herzenskündiger, der ins Verborgene sieht, der einstens Alles ans Licht bringen wird. Wir wandeln hier durch das Thal der Mühen und Sorgen, und ein edles Herz streut edeln Samen, um einst dort am großen Tage der Ernte die Garben mit Freuden dem Herrn zu bringen, für den wir hienieden gewirkt haben. Rasch schwindet die Zeit, der Strom des Lebens eilt dem Ende zu, er mündet ein in die Ewigkeit. Diese letzten Zeiten des Erdenwallens des treuen Pilgers wollen wir noch schließlich betrachten.

Neuntes Kapitel.
Die letzten Geschicke und das Ende des Speratus.

> „Unser Leben währet siebenzig Jahre, und wenn es
> hoch kommt, so sind es achtzig Jahre, und wenn es
> köstlich gewesen ist, so ist es Mühe und Arbeit gewesen.
> Denn es fähret schnell dahin, als flögen wir davon."
> Ps. 90, 10.

Die Leiden und Mühen dieses Lebens hat Speratus sattsam gekostet. Wir wollen hier nicht mehr hinweisen auf das flüchtige, unstäte Leben, welches er in früheren Jahren erdulden mußte; nicht auf die Sorgen, welche die Ueberwachung so vieler Gemeinden einem treuen, gewissenhaften Bischofe bereitet; wir gedenken hier hauptsächlich seines schwachen, leidenden Körpers, über dessen Leiden er sich schon zwanzig Jahre vor seinem Tode ausspricht; seiner angegriffenen Gesundheit, deren Pflege ihm theils wegen der Last seiner Geschäfte, theils wegen der Unzureichendheit seiner Mittel ihm nicht möglich war. So trug er die reichen, ihm verliehenen Pfunde in einem schwachen Gefäße. Allein wurde ihm auch sein Amt manchmal schwer, so daß er seufzte, davon erlöst zu sein, so ermuthigte ihn doch immer wieder der Gedanke, daß ja sein ganzes Leben ein Opfer für den HErrn sein sollte, und er durfte den Trost der göttlichen Verheißung erfahren: Er gibt den Müden Kraft und Stärke genug den Unvermögenden.

So war er denn auch stets gern bereit, diese Kräfte im Dienste der Kirche zu verwenden. Damals war Paul III. Papst geworden; er hatte im Jahre 1535 seinen Nuntius Vergerio nach Deutschland geschickt, um die demnächstige Berufung eines Conciliums zu verkünden. Auch Luther besuchte denselben, der in Wittenberg im Schlosse freundlich empfangen war. Er sagte dem Cardinal gerade in's Gesicht: seine Meinung sei, daß es dem Papste mit diesem Vorhaben nicht Ernst wäre. Als der Nuntius ihn darüber zurecht wies, versetzte er: Nun wohl, habt ihr Lust dazu, so beruft ein Concilium; ich will kommen und solltet ihr mich verbrennen. Luther studirte auch wirklich von jetzt an die Geschichte der ältesten Conzile. Ja, seufzte er einmal dabei laut, ein general, frei, christlich Concilium. Nun, Gott hat allen Rath in seiner Hand. Auf den 25. Mai 1537 ward es nun auch wirklich in aller Form nach Mantua ausgeschrieben. Auch Speratus hatte durch den Erzbischof Wilhelm von Riga eine Einladung dazu erhalten, indem er ihm die Bulle des Papstes beischloß. Er freute sich, daß es endlich zu diesem Ziele gekommen und hätte gern in solcher Versammlung zum Besten der Kircheneinigung mitgewirkt. Wenn er sich freilich in der Absicht des Papstes täuschte, der das Alles nur zum Scheine that, so konnte er sich damit trösten, daß doch auch Luther es nicht für ganz unmöglich hielt, daß es zu einer solchen Kirchenversammlung käme. Als freilich später unter veränderten Verhältnissen im Jahre 1545 sich diese Einladung wiederholte, mußte er schon besser den Sinn solcher Berufung sich zurecht zu legen. Im Juli des Jahres 1540 bat er seinen Fürsten um die Erlaubniß, eine Reise nach Deutschland machen zu dürfen, um sich von seinen Anstrengungen und körperlichen Leiden zu erholen. Wie mochte es sein Herz erfreuen, nach so langer Zeit den theuren Heimathsboden wieder zu betreten und die lieben Männer wieder zu sehen, mit denen er in steter geistiger Gemeinschaft gestanden war. Er freute sich, daß Gottes Gnade bisher in Deutschland das Evangelium trotz des Kaisers Macht und der Päpste und Bischöfe Tyrannei so herrlich erhalten, ja befördert hatte. Der mit seinem Herrn so nahe befreundete Fürst, Joachim II. von Brandenburg, war der Reformation beigetreten, in Sachsen hatte nach dem Tode des grimmigen Protestantenfeindes Georg, sein Bruder, der neue Herzog Heinrich, seit kurzem (1539) die Reformation durchgeführt. Die Aussichten der Freunde des Evangeliums waren damals so günstig, als möglich, da mußten Gefühle des Lobes und Preises seine Brust erfüllen, des Dankes gegen den Gott, der die Gebete der Seinen erhört. Er mußte freudig in die Zukunft mit dem Vertrauen blicken, das Luther um diese Zeit in einem Briefe ausspricht: Was auch sich begeben wird, das werden wir alles durch's Gebet, welches allein die allmächtige Kaiserin in menschlichen Dingen ist, erlangen. Durch dieses werden wir regieren, was in Ordnung ist; bessern, was würdig ist; dulden, was nicht zu bessern ist; überwinden alles Uebel, erlangen alles Gute, wie wir bisher gethan und erfahren haben." So ward es Speratus herzlich wohl in seinem theuren Vaterlande; er verweilte daselbst von August bis Dezember. Dann schied er wieder. Er mochte vielleicht ahnen, daß es wohl das letzte Mal sein würde, daß er den heimathlichen Boden beträte. Stand er ja nun im 56sten Jahre, und sagte ihm sein matter Körper, daß wohl bald der Abend hereinbrechen und die Mühe der Arbeit sich in Ruhe verkehren würde. Doch sollte er noch Manches vorher erleben, und in der neuen Heimath, wie im alten Vaterlande noch Manches vor seinen Augen vorüber gehen sehen.

Zunächst war es ein freudiges Ereigniß, das Speratus um so höher stand, je mehr er stets für Aufrichtung der Schulen sorgte, die Gründung der Universität Königsberg im Jahre 1544. Hierfür hatte namentlich der Bischof von Polenz gesorgt, indem er seine Güter freiwillig an den Herzog abtrat, von welchen nun die Mittel für Erhaltung der Universität genommen wurden. Schon im Jahre 1541 hatte Albrecht hiervon ein Gymnasium gegründet, in welchem die Lehrgegenstände der verschiedenen Fakultäten vorgetragen wurden, im Jahre 1544 erweiterte er dasselbe zu einer Universität. Dieselbe wurde am 17. August mit großer Feierlichkeit eingeweiht. Diese Stiftung war ein rechter Ausfluß des protestantischen Geistes; denn es ist bekannt, mit welchem Eifer Luther und alle seine ächten Schüler darauf hin arbeiteten; wie lebendig er oft die große Noth an gelehrten Männern und tüchtigen Predigern schildert, wenn er um solche angegangen wurde. Ich bitte, schreibt er im Jahre 1540 an eine hohe Person, in aller Unterthänigkeit, E. L. wollen ja ernstlich und fleißig dazu helfen, daß der Kirchen und Schulen, welches der höchste Gottesdienst ist, nicht möchte vergessen noch gering geachtet werden. So oft ermahnte er die Eltern, ihre Kinder studiren zu lassen. Gott hat die Kinder gegeben, schreibt er, und Nahrung dazu, nicht darum, daß du allein deine Lust an ihnen sollst haben, oder sie zur Weltpracht ziehen. Es ist dir ernstlich geboten, daß du sie sollst ziehen zu Gottes Dienst. Laß deinen Sohn getrost studiren und sollte er auch dieweil nach Brod gehen, so gibst du unserm HErr Gott ein feines Hölzlein, da er dir einen Herren aus schnitzen kann." Mit dringendem Begehren wandte er sich an die Obrigkeiten und sprach: „Darum, liebe Herren, lasset euch das Werk anliegen, das Gott so hoch von euch fordert, das euer Amt schuldig ist, das der Jugend so noth ist, und das weder Welt noch Geist entbehren kann. Wir sind leider lange genug in Finsterniß verfaulet und verdorben. Lasset uns auch einmal Vernunft brauchen, daß Gott merke die Dankbarkeit seiner Güter, und andere Lande sehen, daß wir auch Menschen und Leute sind, die etwas Nützliches entweder von ihnen lernen, oder sie lehren können, damit auch durch uns die Welt gebessert werde." In diesem Sinne wirkten auch die Bischöfe

Preußens, und Albrecht war empfänglich für diese Mahnungen. Zum Rektor der Universität wurde der Jurist Sabinus erwählt, welcher früher lange Zeit in Italien gelebt hatte und mit dem Cardinal Bembus in freundschaftlichem Verhältnisse stand*). Der Ehrgeiz dieses Mannes suchte der neuen Universität alle Rechte der älteren Hochschulen so bald als möglich zu erringen, was er durch seine Bekanntschaft mit Bembus am schnellsten zu erreichen gedachte. Daraus ist wohl die eigenthümliche Erscheinung zu erklären, daß derselbe, obgleich der Stiftungsbrief in durchaus protestantischem Sinne abgefaßt war, sich im Namen seines Fürsten an diesen Cardinal mit der Bitte wendete, der Papst möge der Universität eine Bulle ausstellen, durch welche sie das Recht des Promovirens erhielte. Der Papst erklärte sich hierzu bereit, wenn er eine Abschrift der kaiserlichen Confirmation vorlegen könnte. Aber Karl V. wollte seinem geächteten Feinde dies nicht gewähren. So kam es, daß dann der König Sigismund von Polen im Jahre 1556 dieselbe ertheilte, so

---

*) Sabinus war schon in seinem 15. Lebensjahre nach Wittenberg und in das Haus Melanchthons gekommen, dessen Gunst er sich durch seine ausgezeichneten Gaben und seine Vorliebe für Poesie zu erwerben wußte. Dreizehn Jahre später hielt er um die Hand der ältesten und liebsten Tochter des großen Reformators an und erhielt sie. Allein die edle Seele fand in ihrem Gemahle nicht das, was sie suchte. In ihrem sanften Wesen, in ihrer edlen Bescheidenheit, in ihrem mehr nach Innen gerichteten Streben konnte sie nicht eines Herzens mit dem Manne werden, dessen Sinn nach Hohem und Glänzendem stand. Er war im Jahre 1538 vom Kurfürsten Joachim in Frankfurt a. d. O. als Professor der schönen Wissenschaften angestellt worden. Als nun für ihn die Aussicht sich eröffnete, die glänzende Stellung eines Rektors der neuen Universität Preußens zu erlangen, fragte er wenig nach den Wünschen seiner Gattin, welche ungern in das ferne Land zog, sondern eilte nur dem Ziele seines Ehrgeizes nach. Melanchthon schrieb damals in unwilligem Mißmuthe an seinen Freund Camerarius: Sabinus will sich fortbegeben von der Akademie, weil er sieht, wie schwer es ihm wird, dem Urtheile so vieler gelehrten Richter zu genügen. Er sucht nach Schlupfwinkeln, wo er herrschen und von wo aus er zum Hofleben gelangen kann. Dieß, mußt du wissen, ist sein ganzer Plan. Vielleicht kommt dazu, daß er meine Tochter noch weiter von meinen Augen entfernen will, aber ich suche mich zu mäßigen. Neulich klagte sie in einem Briefe an die Mutter wegen der Schulden ihres Mannes, durch die auch sie in übeln Ruf gebracht werde. Sie setzt ausdrücklich hinzu, daß man mir dieß verschweigen solle, und da sie schon so viel Unglück ertragen, wolle sie auch fernerhin aushalten." So zog die edle und bescheidene Frau mit ihren beiden Mädchen, freilich voll Grames im Herzen, im Jahre 1544 nach Königsberg. Welche Freude mochte es für Speratus sein, die edle Tochter seines theuren Freundes sich nahe zu wissen; welcher Trost für die Trauernde, einen alten Hausfreund ihres Vaters wieder zu finden. Doch nicht lange blieb sie in der Fremde. Es scheint, der Kummer brach ihr das Herz; nach zehnjähriger Ehe eilte sie im Jahre 1547 zur ewigen Heimath. Der betrübte Vater ehrte in stiller Ergebung die ewige Weisheit, welche seine unvergleichlich theure Tochter so frühzeitig aus den Leiden dieses Lebens abrief. Ihre Kinder ließ er zu sich nach Wittenberg kommen, und trug die volle Liebe zur Tochter auf die Enkel über. Sabinus aber verheirathete sich im Jahre 1548 wieder mit der Tochter eines Königsberger Rathsherrn.

daß sie hiedurch alle die Privilegien erhielt, welche seine Universität Krakau hatte. Zum Conservator der Universität wählte der Herzog den Bischof v. Polenz, welchem dadurch die Oberaufsicht über den Rektor, Kanzler und die übrigen akademischen Behörden zustand. Er hatte die Jurisdiction über Professoren und Studirende auszuüben und ihm stand die Oberleitung über alle innern und äußern Verhältnisse der Hochschule zu.

Speratus hatte die Freude, mehrere seiner innigsten Freunde als Lehrer an die Universität gezogen zu sehen. Dazu gehörte sein alter Mitstreiter im Werke des HErrn in Preußen, Brismann, welcher zum Ephorus und Prokanzler gewählt wurde und der zugleich das Amt eines Präsidenten des Bisthums Samland an der Stelle des alternden Bischofs im Jahre 1546 erhielt, so daß derselbe in Königsberg zu predigen, bei der Verhinderung des Bischofs die Visitationen abzuhalten, den Gottesdienst zu überwachen und die geistliche Gerichtsbarkeit zu handhaben hatte. Für letzteres erhielt er von Polenz 340 Mark an Gold und einige Naturalien, freie Wohnung im Bischofshofe und das Nöthige zur Visitation. Doch scheint Brismann durch die zu große Menge seiner Geschäfte hie und da etwas versäumt zu haben, da Polenz öfters über ihn klagt, selbst wieder visitiren will, ja am 7. November 1548 seine Entlassung verlangte. Doch ging der Herzog nicht darauf ein, sondern mußte die gegenseitigen Mißhelligkeiten auszugleichen. Ein anderer Freund des Speratus war der Litthauer Stanislaus Rapagelanus, erster Professor der Theologie, welcher zugleich der Landessprache durchaus mächtig war und so auch den Letten sich verständlich machen konnte, welche der Herzog dadurch zum Studium weisen wollte, daß er alle, welche die Universität besuchten, von der Leibeigenschaft lossprach. Leider starb dieser edle und milde Mann, der so viel Herz für seine armen Landsleute hatte und dafür wirkte, daß der Katechismus auch in ihre Sprache übersetzt wurde, schon am 13. Mai 1545. So lieb hatte ihn sein Fürst, daß er selbst zu seinem Leichenbegängniß herbeieilte und ihn neben seiner Gruft einsenken ließ. Seine Vorlesungen waren besonders zahlreich besucht, denn seine Rede floß anmuthig dahin und seine Gelehrsamkeit war ungewöhnlich.

Doch auch Leid sollte ihm von dem ferneren Entwicklungsgange der Universität zu Theil werden. Im Jahre 1546 schon entstand daselbst ein Zwiespalt zwischen dem Nachfolger des

Verstorbenen, M. Friedr. Staphylus und dem aus Holland vertriebenen Professor Gnapheus; welch letzterer von jenem einer Hinneigung zu den Schwarmgeistern geziehen wurde. Er zog durch ewige Anklagen gegen die Professoren sich den Haß derselben zu, namentlich der ohnehin leidenschaftliche Staphylus bot Alles auf, um in den Lehrsätzen, welche jener vorzulegen hatte, eine Ketzerei zu finden. Melanchthon äußerte sich ungehalten über die Streitsucht des Letzteren und erklärte, wenn er seine jähzornige Natur gekannt hätte, würde er ihn gar nicht nach Königsberg gesendet haben. Andererseits erkannte er auch an, daß Gnapheus allzu geschwätzig und rechthaberisch sei, zugleich auch zu wenig den Frieden suche. Wie mußte es Speratus betrüben, daß die bisherige schöne Einheit des Geistes nun durch diese Neulinge gestört worden war. Da indeß einmal der Streit in die Mitte geworfen war, so mußte er es für seine Pflicht erkennen, der Wahrheit zum Siege zu verhelfen. Am 18. März 1547 kam es zur Verhandlung, in welcher Gnapheus wegen seiner irrigen Ansichten über die Sakramente verurtheilt wurde. Zuvor hatte er die beiden Richter in dieser Angelegenheit, Speratus und Brismann, durch kluge Fassung seiner Lehre zu befriedigen gesucht, allein Staphylus wußte neue Streitpunkte zu finden, und da sich Gnapheus über das Verhältniß des Glaubens zur Wirksamkeit des Sakramentes nicht streng lutherisch aussprach, wurde er am 9. Juni aus der Kirchengemeinschaft ausgeschlossen. Man stellte Soldaten an die Kirchenthüre, an welche die Exkommunikation angeschlagen wurde, um das Abreißen derselben zu verhüten. Gnapheus zog mit Weib und Kind nach Friesland.

Daß übrigens Speratus nicht einer herzlosen Verfolgungssucht und leidenschaftlichem Aufsuchen von Irrlehren fröhnte, sondern stets mit der Liebe zur Wahrheit Milde und Freundlichkeit verband, davon zeugt besonders eine Verhandlung des folgenden Jahres, bei der sich sein liebevolles Herz in schöner Weise geltend machte. Die Böhmen, welche mit in den Schmalkaldischen Krieg hineingezogen waren, hatten nach der Besiegung des Kurfürsten von Sachsen auch sich unterwerfen und ihre Rechte und Freiheiten aufopfern müssen. Viele wurden gefänglich eingezogen, einzelne hingerichtet, an eine Sicherheit und Freiheit des Glaubens war nicht mehr zu denken. Da beschlossen sie, in jenes Land auszuwandern, in welchem sie allein noch Schutz vor der Gewalt des Königs und Kaisers hoffen konnten.

Sie entschieden sich um so mehr dafür, als sie in Speratus aus alter Zeit her einen treuen Freund und gütigen Berather hatten. Speratus hatte seinen Aufenthalt in jenen Landen noch nicht vergessen; es waren ihm liebe Erinnerungen aus den Zeiten seiner Verfolgung. Wo er konnte, hatte er stets jungen Leuten aus jener Gegend Empfehlungen ertheilt; auch jetzt hieß er sie freundlich in Preußen willkommen und verwendete sich für sie beim Herzoge. Ja er nahm ihren Gesandten, der ihre Einwanderung vorbereiten sollte, den Prediger Joh. Gyrke, zu seinem Kanzler an, um seine ganze Theilnahme demselben zu erweisen. Damit jedoch für den rechten Glauben im Lande keine Gefahr entspringe, mußten sie sich am 27. und 28. December 1548 einem Examen in Königsberg unterwerfen, das sie trotz der Strenge der Theologen gut bestanden. Am 23. Januar 1549 stellte ihnen dann der Herzog ein Rescript aus, daß sie im Lande sich niederlassen dürften, und namentlich war es der Sprengel des Speratus, in welchem sie freundliche Aufnahme fanden. In Marienwerder heißt noch jetzt davon eine Kirche die böhmische Kirche. Aber auch in Königsberg selbst blieben etliche, und der milde, freundliche Bischof v. Polenz räumte ihnen in seinem eignen Amte Balga Wohnsitze ein. Den Inhalt des Examens und der vorgelegten Confession ließ Speratus zugleich im Namen seines Amtsgenossen im Drucke erscheinen am 29. März 1549. Die Augsburger Confession wurde von ihnen als Glaubensregel anerkannt.

Noch eine andere Folge hatte der Ausgang des Schmalkaldischen Krieges für Preußen. Kaiser Karl V. hatte sein bekanntes Interim in Süddeutschland zur Einführung zu bringen gewußt. Auch der Rath der Stadt Nürnberg fügte sich in den kaiserlichen Willen und ermahnte seine Prediger, nicht dagegen zu zeugen. Allein fester als der Rath standen die Prediger der Stadt. Schweigend entfernten sie sich aus der Versammlung. Der edle Veit Dietrich stand als Säule unter den Seinen. Der Tod entzog ihn dem Sturme, der über ihn hereinbrechen sollte. Der entschiedene, kühne Osiander, der nun der Stadt so lange schon gedient hatte, erklärte, er werde aus der Stadt ziehen. Der Rath kündigte seiner Frau das Bürgerrecht auf. Da zog er hin nach Preußen, dessen Herzog durch ihn für die Reformation gewonnen worden war. Sein Landsmann Joh. Funk, der zum Hofprediger ernannt wurde, räumte ihm seine Pfarre in der Altstadt ein, zugleich wurde er erster Professor der Theologie, was nicht geringen Neid bei den übrigen Professoren erregte. Am 5. April 1549 hielt er seine erste Disputation über die Buße, in der er schon offen seine Abweichung in der Lehre von der Rechtfertigung vortrug. Schon jetzt entzündete sich ein heftiger Streit, ja auch die Studenten selbst nahmen den entschiedensten Antheil. Der Herzog entließ die drei heftigsten Gegner Osiander's und ließ mehrere Studenten mit dem Karcer bestrafen. Der Herzog hatte von dem alten Bischof v. Polenz begehrt, daß er den Streit beilege; allein er erwiedert unter dem 8. Juli, daß er Alters halber sich nicht mehr in diese ärgerlichen Verhältnisse mischen wolle. Er fühlte die Nähe seines Endes und wollte im Frieden von hinnen scheiden, von diesen neuen Gegensätzen unberührt.

Es war ja überhaupt, als ob nun die alten Diener der Kirche, welche in so viel Liebe und Eintracht zusammen gewirkt hatten, scheiden sollten, um einem neuen Geschlechte Platz zu machen. Der erste der Freunde, welcher aus diesem Pilgerleben abschied, war Dr. Brismann. Er starb am 1. Oktober 1549 im einem Alter von 60 Jahren. Er hinterließ 3 Töchter, von welchen die eine mit Joh. Camerarius vermählt war. Sein Leichnam wurde in der Domkirche zu Königsberg begraben, wo noch jetzt seine Grabschrift von seinen Verdiensten um die preußische Reformation zeugt. Der nächste in dieser Reihe war der Bischof v. Polenz. Eine seiner letzten Handlungen war die Trauung seines Fürsten nach dem Tode seiner ersten Gattin mit der Prinzessin Anna Maria von Braunschweig den 16. Februar 1550. Am 21. März schickte ihm noch der Herzog eine halbe Tonne Rheinwein und etliche Mumme zu seines Leibes Erquickung mit einem freundlichen Briefe, worin er die Hoffnung ausspricht, der liebe Gott werde ihm zu vollkommner Gesundheit gnädiglich verhelfen und zu langen Tagen fristen. Allein seine Zeit war aus; am 29. April schied er aus diesem Leben. Seine Gattin schrieb ihrem Fürsten, daß der 72jährige Greis „christlich mit guter Vernunft ein seliges Ende und Abschied aus diesem Elende und Jammerthal genommen habe." Theilnehmend erwiederte er ihr am 1. Mai: „Wir sind der Hoffnung, daß er nunmehr mit allen Gläubigen der herrlichen Zukunft unsers HErrn Jesu Christi erwarten wird, um was er auch ohne Zweifel bei seinem Leben treulich gebeten hat; wie denn auch wir von Herzen bitten, der liebe Gott wolle uns alle zu seiner Zeit auch ein seliges Ende und Abschied aus diesem Leben und Elend in die ewige Seligkeit verleihen, daß wir also mit Euerm Herrn und allen Gläubigen auferstehen werden zum ewigen Leben. Da Ihr wisset, daß wir alle durch den zeitlichen Tod in unser Vaterland, das uns Christus bereitet hat, eingehen müssen, und daß er alle, die sein göttliches Wort angenommen, bekannt und dabei verharrt haben, den Tod nicht sehen lasse ewiglich: so werdet Ihr Euch zu trösten wissen und Eurem Herrn gönnen, daß er so seliglich in Gott ruhet, und Eure Betrübniß derhalben mäßigen und dahin stellen, daß sie zur Freude werde." Er gewährt ihr hierauf ihre Bitte, daß er ihres Sohnes Theophilus oberster Vormund sein wolle, „weil wir Euern Herrn ja und allewegen bei Leben geliebet und nun auch in seiner Ruhe lieben, und auch um Eures Bruders willen (Fr. v. Heydeck), dem wir in allen Gnaden gewogen sind." Am Freitag darauf fand das Leichenbegängniß Statt, und der Herzog sammt seiner ganzen Familie und seinem Hofstaate war zugegen, als der Leichnam im Dome zu Königsberg in die Gruft versenkt wurde. Dort ist noch sein Epitaphium mit seinem Wappen, Bildern und Fahnen geziert zu sehen. Dieser Todesfall mußte Speratus besonders nahe gehen; es war nicht nur sein ehrwürdiger Amtsgenosse, es war zugleich sein treuster Freund, der am längsten mit ihm zur Gründung der evangelischen Kirche Preußens gewirkt hatte, aus der streitenden Kirche geschieden. Sein Tod war ihm ein lauter Mahnruf, daß er nun bald dem Freunde folgen solle zur Ruhe.

Und in der That, ihm sollte bereits das folgende Jahr sein Todesjahr werden. Schon lange kränkelte er. Vom Jahre 1542 bis zu seinem Ende war sein Leben ein beständiges Ringen mit Krankheit und Schwäche. Wir haben einen Brief seines Herzogs an den Präfekten von Riesenburg vom 22. Januar 1548, worin er an denselben schreibt: „Wir werden berichtet, als solle unser ehrwürdiger ꝛc. Herr Paulus Speratus mit harter, auch vermuthlich tödtlicher Schwachheit beladen sein." Doch finden wir ihn in demselben Jahre wieder thätig. Sein rastloser Geist und die Gewissenhaftigkeit in seiner Amtsführung ließen ihn die Schwäche seines Körpers nicht achten. Er wirkte, so weit es seine Körperkräfte erlaubten, bis zu seinem Ende; doch scheint er an den nun heftiger sich entzündenden Streitigkeiten an der Universität keinen Antheil mehr genommen zu haben, wenigstens sind wir seinem Namen darin nicht begegnet.

Von neuem nämlich hatte Osiander, der stolz geäußert

hatte, nachdem nun der Löwe todt sei (Luther), werde er die andern Hasen und Füchse leicht überwinden, den Funken des Streites in die Universität geworfen. Er hatte beim Beginn seiner Vorlesungen die ersten vier Kapitel des ersten Buches Moses erklärt, und dabei vorgetragen: unter dem Ebenbilde Gottes sei der Sohn Gottes in seiner Menschwerdung zu verstehen, und erst nach dessen Ebenbild sei der Mensch geschaffen. Er folgerte daraus, wie einige Scholastiker früher schon gethan hatten, daß Jesus auch dann Mensch geworden wäre, wenn auch Adam nicht gesündigt hätte. Er legte diese Lehren dann in einer Schrift, die er im Jahre 1550 herausgab, noch ausführlicher dar. Hiegegen trat nun Staphylus auf, der aus Deutschland, wohin er der Pest wegen verreist war, damals zurückkehrte. Es kam am 24. Oktober 1550 zu einer förmlichen Disputation, wobei nun Osiander seine nach Tauler formirte Lehre von der Rechtfertigung genauer begründete und damit den Anfang jenes Streites machte, dessen Ende Speratus nicht mehr erlebte.

Noch mochte es ihn auch betrüben, daß der Herzog das Bisthum von Samland nicht mehr besetzen wollte, sondern den Plan hatte, nur einen Vizepräsidenten dafür zu ernennen. Doch gestattete das die Landschaft nicht, sondern drang darauf, daß wieder ein Bischof ernannt würde. Vorläufig aber hatte es bei dem Beschlusse des Herzogs sein Bewenden und Osiander wurde zum Vizepräsidenten des Bisthums ernannt, der dann bis zu seinem Tode, den 17. Oktober 1552, in seiner Würde verblieb, worauf Joh. Aurifaber dasselbe verwaltete. Erst Mörlin wurde im Jahre 1565 wieder zum Bischof ernannt.

In diese kurze Zeit des Wirkens Osianders fallen nun Streitigkeiten der betrübendsten Art, die einen Mann des Friedens und der Liebe hauptsächlich deßhalb betrüben mußten, weil mit dem allerdings nothwendigen Kampfe so viel Unlauteres und Unchristliches verbunden war. Wenn da Erscheinungen vorkommen, wie die, daß die Parteimänner einander gegenseitig verlästerten und schmähten, daß mit den bissigsten Spottreden die Anschauung des Andern verfolgt wurde, daß man mit Waffen heimlich gerüstet über die Straße ging und außerdem sich nicht sicher genug wähnte, daß ein Mann, wie Stancarus geradezu dem Herzoge schreiben konnte: „Ich stimme Eurer neuen Religion nicht bei und werde ihr ewig nicht beistimmen, weil es eine Lehre des Manichäus und des

Antichristen ist. Den Osiander erkenne ich als Vizepräsidenten nicht an, wie ich ihn vorher nicht anerkannt habe und in alle Ewigkeit nicht anerkennen werde, denn er ist der Antichrist," — wenn solches Alles von Männern geschah, welche wirklich christliche Erkenntniß besaßen, so konnte ein Mann, wie Speratus, der überall Christi Geist auszubreiten suchte, das nur mit höchster Betrübniß ansehen. Die Sehnsucht mußte sich in ihm steigern, aus dieser Welt des Streites einzugehen zum Frieden seines HErrn.

Sein Sehnen fand baldige Gewährung. Vielfach sind über die Zeit seines Todes irrige Angaben verbreitet. Allein vorgefundene Briefe des damaligen Hauptmanns zu Riesenburg, Jakob von Auerswalde, geben hierüber den genügenden Aufschluß. Er schreibt am 12. August 1551 an seinen Fürsten: E. F. G. gebe ich unterthänig zu erkennen, daß der ehrwürdige in Gott Herr Paulus Speratus, Bischof zu Pomesan christlicher und seliger Gedächtniß, heute ungefähr um Mittag von diesem Jammerthale seinen Abschied genommen hat und morgen Donnerstag den 13. August ungefähr um 2 nach Mittag zur Erde bestätiget und begraben werden soll. Dieweil aber, wie ich nicht anders glaube, zuvörderst E. F. G., auch Landen und Leuten an dieser Person gelegen gewesen, habe ich solches eilends, so bald es mir möglich gewesen, E. F. G. zu erkennen zu geben nicht unterlassen können, und will mich auf E. F. G. Befehl ohne Säumen folgenden Tages früh zu Marienwerder finden lassen und meiner Pflicht Folge thun. Zweifle nicht, E. F. G. werden gnädige Verschaffung thun, wie das Amt ferner versehen werden soll, sonderlich weil jetzt die Wintersaatzeit vorhanden ist. Am 15. August erwiderte darauf der Herzog aus Königsberg: Wir haben dein Schreiben empfangen und daraus verstanden, daß der Bischof zu Pomesan (deß Seele der l. Gott gnädig sein wolle) Todes abgegangen. Nun ist uns dieser Abschied des Bischofs mitleidig zu hören. Weil aber der Fall geschehen, muß es dem l. Gotte ergeben sein." Darauf ertheilt er ihm den Befehl, das Amt einstweilen einzunehmen und sich die Verwaltung desselben empfohlen sein zu lassen. Näheres über sein Hinscheiden ist uns nicht bekannt. Der aber einst die tief empfundenen Worte schrieb:

Wir rufen all aus dieser Qual zu Dir, dem höchsten Gute.
 Du kannst uns geben Muthe zu Deiner Gnad, eh kommt der Tod,
Der Alls hinnimmt, da nicht mehr ziemt, Deiner Gnaden Huld erwerben.
 O HErre Gott, laß uns nicht also verderben.

der mußte gewiß auch jetzt, wohin das Auge zu blicken hat in der tiefen Todesnoth, nämlich zu den Bergen, von welchen die Hilfe kommt. Seine Hilfe aus dieser Welt der Qual kam von dem HErrn, der Himmel und Erde gemacht hat. Er erreichte also nicht ganz das 67. Jahr. So ging auch dieser treue Zeuge ein zur Ruhe seines Gottes. Er sah die liebsten Freunde vor sich scheiden. Ihnen nachzublicken; im Thale der Thränen und des Erdendunkels stehen zu bleiben und den treuen Seelen nachzuschauen, die sich von uns losgerissen, die sanften Fluges aufwärts geeilt sind in die höheren Gefilde des Lichtes: das ist schwer und drückend. Das Auge will von jener Lichteswelt nicht scheiden, wohin es die theuersten Herzen enteilen sah. Aber wenn nun der Ruf des großen HErrn über Leben und Tod auch an die sehnlich harrende Seele ergeht, wenn nun nicht mehr blos das Sehnen des Herzens und der Blick des Auges aufwärts eilen darf, sondern der ganze volle Geistesmensch, der wiedergeboren ist zu neuem Leben aus Gott, seine Flügel schwingen und in seliger Verklärung den treuen Hingeschiedenen nacheilen darf: da erfüllt ihr ganzes Wesen ein tiefes Jauchzen. Rasch schwindet unter ihr das trübe Erdenthal, aufwärts, immer weiter aufwärts geht ihr Flug, bis sie anlangt in der seligen Gottesstadt und nun alles Sehnen, alles Seufzen, alles Abängstigen und Sorgen plötzlich vergangen ist, wie es in schwachem Abbilde dem Wanderer zu Muthe ist, der aus der schwülen Luft des heißen Thales emporgeklommen ist zu den freien Bergeslüften. Dorthin ist auch Speratus gegangen, der treue, unermüdliche Bischof seiner Heerde, zu dem ewigen Erzhirten seiner Seele.

Speratus hatte er sich genannt auf Erden, den Hoffnungsmann. Gehofft hat er in den Tagen harter Verfolgung: die Verfolgung wich, der Strick riß entzwei, frei zog er hinweg in ein Land des Friedens, da das Evangelium einen treuen Beschützer fand. Gehofft hat er in den Tagen der Finsterniß, als noch schweres Dunkel über den Ländern lag. Die Nacht ist vergangen, der freundliche Morgenstern erschien, die Sonne des Evangeliums leuchtete fröhlich hinein in die Länder. Gehofft hat er in den Tagen der Mühen, des Streites und Unfriedens auf Erden. Er ward müde der Arbeit, das Sehnen seines Geistes ging dahin, daß seine Arbeit aus sei und der Tag des Schweißes sich neige. Da senkte sich die Sonne seines Tages, die Hitze und Arbeit wich, leicht schwang sich die Seele zum

Morgenrothe des bessern Lebens empor. Der ein Mann der Hoffnung war in dieser Zeit, ist dort gekommen zur Erfüllung, zum Ziele, zur Krone der Ehren. Er ward zum Manne des Schauens.

Ob seine Gattin Anna ihn überlebte, wissen wir nicht. Ein Sohn pflanzte seines Namens Gedächtniß fort. Er hieß Albrecht zu Ehren seines Fürsten, in Elbing hielt er am 1. Jan. 1542 eine Rede über Jesu Kindheit, die er zu Wittenberg drucken ließ; im Jahre 1547 berief ihn der Herzog Johann Albrecht in sein Land, um seine Dienste zu benützen. Zwei Töchter hatte er, von welchem sich die jüngere an Johann Kolbel im Jahre 1548 vermählte, dem der Fürst auf Bitten des Speratus das Gut Karschewitz bei Marienwerder schenkte. Die ältere Tochter hatte sich bereits im Jahre 1545 an einen angesehenen Mann vermählt. Zu beiden Hochzeiten lud Speratus seinen Fürsten ein, ein Zeichen, wie innig er mit demselben befreundet war. So sah also Speratus seine Kinder bei seinem Scheiden wohl versorgt. Auch dieses konnte seinen Abschied erleichtern.

Seine auserlesene Bibliothek, auf welche er stets große Sorgfalt verwendete und die er nach dem Brande zu Iglau mit großen Kosten sich wieder nach und nach angeschafft hatte, vermachte er dem Staate. Noch sind seine Bücher in der Staatsbibliothek vorhanden und nützen den nachkommenden Geschlechtern. Auf der innern Seite des Einbandes ist sein Wappen, das mit dem des Pomesanischen Bisthums vereinigt ist, angebracht und darunter stehen die lateinischen Verse:

Me sibi Speratus proprio aere suisque paravit
Atque usum voluit cuilibet esse bono.

Das ist das Leben des Mannes, dem die evangelische Kirche Oesterreichs und Preußens besonders Dank schuldig ist, der aber auch für unsere ganze evangelische Kirche unvergeßlich bleiben wird in seinen trefflichen Liedern, in seinem Wirken und Leiden, in dem Vorbilde der edlen Tugenden, die dem Glauben entquollen. Der HErr segne diese Darstellung seines Lebens allen Lesern zur Auffrischung seines Andenkens und zur Anfrischung des eigenen Lebens unter den Kämpfen und Mühen auch unserer Zeit! —

Druck von Velhagen und Klasing in Bielefeld.